和臣の大きな手を背中にあてがわれ、もう一方の手で指を握られた透の心臓が、壊れそうなくらい高鳴り、頭の中が真っ白になっていく。

大《だい》富《ふ》豪《ごう》は無《む》垢《く》な青《せい》年《ねん》をこよなく愛《あい》す

一《いち》文《もん》字《じ》鈴《りん》
ILLUSTRATION：尾《お》賀《が》トモ

大富豪は無垢な青年をこよなく愛す

LYNX ROMANCE

CONTENTS

大富豪は無垢な青年をこよなく愛す

今にも崩れ落ちそうな古びたアパートの室内に、深秋のやわらかな陽射しが差し込んでいる。

固く絞った雑巾で四畳半の畳を拭き終えた折原透《おりはらとおる》は、立ち上がって腰をたたき、背伸びをした。

長すぎて顔の半分まで伸びている前髪を掻《か》き上げ、掃除し忘れたところがないか、確認しながら室内を見渡す。小さな冷蔵庫の隣にカラーボックスがあるだけの、狭くて質素な部屋。ここで透が一人暮らしを始めて、半年が経《た》つ。

そんなことを考えていると、おなかが鳴った。思い返してみると、今朝からほとんど何も食べていない。

「おなかが空いたし、これで部屋の掃除は終わりにしよう。お風呂とトイレが部屋にないのは不便だけど、慣れたら掃除が簡単でいいや」

呟《つぶや》いた透は雑巾を濯《すす》いで部屋に戻り、壁に立て掛けていた折り畳み式の簡易テーブルを部屋の中央に置いた。その上にパンを並べて正座すると、いただきます、と両手を合わせる。クロワッサンとライ麦パン、それにスライスしたカンパーニュは、アルバイト先のカフェで残ったものをもらった。

「うん、美味《おい》しい！」

口の中にバターの風味が広がり、透は目を細めた。冷たい隙間風が時折透の黒髪を撫《な》で、古びた室内の空気を揺らしていく。

無言で食べ終わり、ごちそうさまでした、と両手を合わせると、透はデイパックから白い封筒を取り出した。数日前に届いた姉からの手紙だ。開封済の封を開き、カサカサと音を立てて便箋を広げ、見慣れた姉の丸っぽい文字を見つめる。

《――透、元気にしていますか。紅葉がきれいですね。ちゃんとごはんを食べていますか？　透はすぐに熱を出すので風邪をひいてないか心配です。どうか無理をしないように――》

「姉さん、僕はもう二十歳《はたち》だよ。心配しすぎだ」

小さく笑って、何度も読み返してほぼ暗記している手紙の文面を、再び目で追う。

《――出産予定日は来年の四月下旬です。性別は生まれるまで聞かないでおこうと、信之《のぶゆき》さんと話して決めました。私は早く知りたいのですが、彼が楽しみにしておきたいそうなのです。……なかなか帰省できなくて、透にすべて任せてしまって、本当にごめんなさい。透に会いたいです――》

「僕も姉さんに会いたいよ……」

姉の笑顔を思い出し、小型冷蔵庫の上に飾ってある写真立てを手に取った。両親と姉、透が写っているその四年前の写真を見るたび、家族みんなで穏やかに暮らしていた日々を思い出し、胸が強く締めつけられる。

「……姉さん、安心してね。僕、今日も元気にアルバイトを頑張《がんば》るから」

便箋を折り畳んで封筒にしまい、デイパックに戻した。姉からの手紙は透にとってお守りのようなもので、持っているだけで安心する。

「そろそろ、家を出る時間……？」

目覚まし兼用の置き時計を確認した透は、掃除する前から、時計の針がまったく進んでいないことに気づいて目を丸くした。

「うわ、時計が止まってる！　電池切れ？　い、急がないと」

携帯電話もテレビもパソコンも持っていない透は、時計が止まっていることに気づかなかった。あわてて立ち上がり、戸締りをしてアルバイト先の『ユーキカフェ』に向かう。

最寄《もよ》りの駅まで急ぎ、そこから電車で二十分の主要駅に着くと、改札を抜けて駆け出した。

「あ……目が回る……」

急に走ったせいか目眩《めまい》がして足元がふらつき、壁に手をついて呼吸を整える。

大きく息を吸って顔を上げ、駅前通りの両側に立ち並ぶ銀杏《いちょう》の木を見た。陽射しを反射した葉が金色に煌《きら》めき、その美しさに肩の力が抜ける。

「わぁ、きれいだ……」

かつて青葉が眩《まぶ》しい季節に姉が嫁いで行き、それからもう半年が経っている。さらに半年すれば、姉に子供が生まれるのだ。

（――僕は大丈夫だよ。姉さんも無理しないで）

頬《ほお》に当たる冷たい風を感じながら、透は目眩が治まったのを確認し、紅葉した街路樹の中を急いだ。

『ユーキカフェ』は、閑静な住宅街の一角にある欧風カフェで、関東《かんとう》を中心に多数の店舗が展開されている。店はブルーと白を多用したさわやかな外観で、オーク材の扉を開けて中に入った途端、香ばしいパンの匂いに包まれた。透がこのカフェでアルバイトを始めて三か月が過ぎた。

「お、おはようございます、滋野《しげの》店長」

息を切らしながら壁の時計を確認すると、アルバイトの開始時間よりも前で安堵《あんど》する。

「おはよう、透くん。走ってきたの？」

対面式になっている厨房《ちゅうぼう》の奥から、コックコートを着た店長の滋野孝《たかし》が顔を出した。黒縁メガネの奥の目を心配そうに細めてグラスに水を注ぎ、透を手招きする。

制服に着替えるため、ロッカールームに向かおうとしていた透は踵《きびす》を返し、すみません、と言いながらグラスを受け取った。中の水を一気に飲み干すと、冷たさが渇いた喉から染み込み、全身を満たしていく。

「ありがとうございます。生き返りました」

滋野は小さく笑ってメガネのブリッジを押し上げ、小首を傾《かし》げた。

「あのさ……前から不思議に思っていたんだけど、透くんのその髪、前が見えにくくない？」

伸びすぎた前髪を指摘され、透はハッとした。接客中は、長い前髪を斜めに流してヘアピンで留《と》め、頬にかかるサイドの髪ごと帽子で押さえているが、やはり見栄えが悪いだろうか。

「す、すみません！　だらしないですよね」

仕事中は気を遣《つか》っているが、店員の身だしなみとしては十分ではないかもしれない。

「いや、単純に邪魔じゃないかなって」

優しく笑いかける滋野を見て、非難されているわけではないとわかり、ホッと胸をなで下ろす。

「……えっと、見えにくいですけど、慣れました」

「慣れたって……見えにくいなら、オレが通っている美容室を紹介しようか？」

滋野の気持ちはありがたいが、美容室に行く金がない。

「……すみません、でも僕は、あの、別に……」

透がもごもごと口ごもった時、甲高《かんだか》い声が会話を遮った。

「滋野店長、透ちゃん、おはようございまーす」

ひらひらしたフリルがついたロングスカートの裾を翻し、長いカーリーヘアを掻き上げながら、アルバイト店員の橘《たちばな》菜々美《ななみ》が店内に入ってきた。

「菜々美さん、おはようございます」

「おはよ、透ちゃん……って、ちょっと待って。ねぇ、その私服は何？」

唇がぽってりと厚く肉感的な菜々美は、透の前に立ち腰に手を当てると、その細い体を無遠慮に見つめた。

「透ちゃんの私服姿を見たのは久しぶりだけど、なんなの、その色落ちしたトレーナーは。Gパンもくたびれてヨレヨレ。とどめは古ぼけたスニーカー。ちゃんと洗ってるみたいだけどボロボロじゃない！　閉店間際のスーパーでお惣菜《そうざい》を買ってる疲れた主婦だって、もっとちゃんとしてるわよ。しかも透ちゃんはあたしと同じ二十歳でしょ！　おしゃれに無頓着すぎる！」

「あ、うん……」

「うん、じゃない！　見てるあたしの方が恥ずかしいわ。それから伸び放題の髪もひどい！　透ちゃん、若さをなめてんの？」

菜々美の厳しい指摘に困っていると、滋野が苦笑しながら間に入ってくれた。

「まあまあ、透くんはくたびれていても清潔なものを着ているし、カフェでは制服があるから、そんなにムキにならなくてもいいんじゃ……」

「三十歳のオッサンは黙って！　いい、透ちゃんは地味すぎなの！　前から思ってたけど、透ちゃんの髪、ゴワゴワしてる上に前髪が伸びすぎで、失踪中の犯人みたい。不審者と間違われてそのうち通報されるわよ！」

菜々美の勢いに押されて言葉が出ない透の横で、滋野があわてて言い募る。

「不審者は言いすぎだよ。それにオレはオッサンじゃないぞ。まだ若いし、独身なんだ。橘さんこそ、そのアフロヘアはどうだろう。オレ的にはもう少し女性的なヘアスタイルの方が……」

「こーれーはーアフロじゃなくて、カーリーヘアって言うんですー。十歳も年上のオッサンは黙ってくれますか！　透ちゃんとあたしは高校の時からの友達なんだから、ちゃんとアドバイスしてあげたいんですー」

菜々美は高校一年生の時のクラスメイトで、勝気な菜々美とマイペースな透は正反対の性格だったが、逆にそれがよかったのか気が合った。家庭の事情から透は高校を中退し、そこからしばらく会わなかったが、三か月ほど前に電車の中で偶然再会し、アルバイト先のレストランがつぶれて困っていることを話したら、菜々美がこのカフェのアルバイトを紹介してくれたのだ。

「……オッサン、オッサンって言わないでくれよ。あのね、オレも透くんのことは弟のように思っているけど、別にいいんじゃないかな。橘さんだって好きなようにしているし、どんな髪型をして何を着ようと、透くんの自由だよ」

「ん――……まあ、それもそうね。透ちゃんは透ちゃんだわ」

ようやく納得したように菜々美が肩をすくめると、滋野がコック帽をかぶり直し、手をたたいた。

「はい、じゃあ雑談は終わり。さあ、仕事だ。二人とも早く着替えて、開店準備を頼むよ」

「はいっ」

透と菜々美は制服に着替えるため、男女別のロッカールームに急ぐ。

ひとりになった透は、全身鏡に映った自分の姿を見つめた。

新しい服を買ったり、美容室に行ったりする余裕は、まだない。大げさではなく、食うや食わずという生活を送っていることで、髪が伸びても美容室に行く金がないが、前髪越しの視界にも慣れたし、数千円でも倹約できて助かっている。それに、固形石鹸《せっけん》で髪を洗うと確かにゴワゴワになるが、シャンプーに比べて格安だ。

(でも……この生活のことは誰にも言いたくない。心配をかけたくないし、相手の負担になるのが申し訳ないから)

透はため息をついて、手早く着替えを終えた。

ユーキカフェの制服は、店の外観にも使われているブルーのストライプのコックシャツと白色のズボンで、青色のサロンエプロンを合わせている。

透はエプロンと同色の靴に履き替え、ホールの開店準備を手伝った。

今日の日替わりランチのAコースは、グリーンアスパラのスープとオムライス、ブロッコリーのココットで、Bコースはアボカドのポタージュスープとカンパーニュのバター添え、カリフラワーのココットだ。

「透くん、だし汁をこっちの鍋に移しておいて」

「透ちゃん、シルバーの補充、お願い」

「わかりました！」

額の汗を拭いながら鍋を運び、スプーンとフォークを補充する。華奢《きゃしゃ》な体で透は、くるくると店内を駆けまわり、着々と開店準備が進んで、店内はパンとスープの食欲をそそる香りが満ちてきた。

厨房でココットの準備をしていた菜々美が、素っ頓狂な声を出した。

「滋野店長、大変！」

「どうしたの、橘さん」

「Aランチ用のブロッコリーが足りない！」

滋野はスープ鍋の火を止め、野菜を確認する。すぐに伝票をめくり、頭を抱えた。

「……オレの発注ミスだ。仕方がない、買いに行ってくる。ついでにバターと調味料も補充しておこう。橘さん、ついてきてくれる？　透くんは留守番とメニュー書きを頼むよ」

「わかりました」

滋野と菜々美が出て行くと、透はカフェの外に置いてある四つ切サイズの黒板の前に座り、チョークで《本日のAランチ……》とメニューを記入していく。色とりどりのチョークで黒板にランチメニューを書くアイデアは透が考え、今では客の間でも好評だ。

通りの向こうから、騒がしい声が聞こえてきた。昼前なのに酔っ払っているのか、二人の男が周囲を気にすることなく大声で話しながら歩いている。不穏に思いながらもメニュー書きに集中していると、酔っ払いたちの声が近づいてきた。

「お――、カフェじゃん。そういえば腹減ったな、何か食べさせてよ」

驚いて顔を上げた透は、たじろぎながら立ち上がる。相当、酒が入っているのか、まともに会話できる様子ではない。酔っ払い相手の揉《も》め事は最近ニュースでも話題に上っている。下手に刺激しない方がいいのかもしれない。

透は一歩下がり、彼らを怒らせないように、なるべく丁寧に言った。

「す、すみません、まだ開店前なので、もう少しお待ちいただけますか？」

「いいじゃん！　腹が減ってんだって。入らせてくれよー」

店長の滋野がいない間に、勝手に店を開けることはできない。しかし透が断っても、二人は執拗《しつよう》に中に入れろと絡んでくる。

どうしたものかと対処に困っていた時、黒塗りの高級車がカフェの駐車場に停車するのが見えた。そちらに気を取られていると、酔っ払いのひとりに突然肩を摑《つか》まれてぎょっとする。

「なぁ、今日だけ開店時間を早めてくれよ。いいだろう」

「も、申し訳ありません。開店まで、そちらのベンチでお待ちください」

酒くさい臭いに思わず顔をしかめながら、透は店の前にある待合用の白木のベンチを指差した。

「なんだよ、別に怖がることねぇのに、手が震えてんじゃん」

酔っ払いはからかうように笑い、顔の半分を覆っている透の前髪を見て鼻を鳴らした。

「すだれみたいな髪の毛して、だっせぇー」

「や、やめてください」

くしゃくしゃっと髪に触れられ後ずさると、もうひとりが黒板を透から奪った。

「さっさと何か食わせろよ。オレたちは客なんだぜ。何これ。今日のおすすめメニュー？　へえー」

「か、返してください」

「こっちの頼みを聞いてくれたら、返してあげてもいいけどー」

酔っぱらいがおもしろがって、黒板をぶんぶんと振り回し始める。その時、バンッと車のドアが閉まる音が響いた。振り返った透の視界に長身の男が映り込む。

高級車から降り立ったその男は、エンジのネクタイと胸元にポケットチーフを挿し、見るからに上質そうなダークスーツを長身に纏《まと》ってこちらに歩いてきている。

白い肌と絹のようにさらさらした茶色の髪。彫りの深い端整な顔立ちはハッと息を呑《の》むほどで、髪と同色の双眸《そうぼう》は強い光を放っている。

彼はまるで皇帝のような威厳があった。人を従わせる雰囲気を纏ったその男が透の隣に立つと、酔っ払いの二人は絶対的な君主に仕える奴隷のように萎縮して静かになった。

「――まだ開店前だろう。何をしている？」

男の低音に、呆然《ぼうぜん》と立ちすくんでいた酔っ払いたちがハッと我に返った。

「な、なんだよ、てめえは？」

「関係ねぇだろうが！」

酒の臭いをさせ大声で叫ぶ二人を、男は鋭く睨《にら》みつけた。

「――何か揉めていたようだが、開店するまで静かに待っていろ。それから黒板をどうする気だ。彼に返せ」

男の怒気を含んだ声に、ビクッと酔っ払いの肩が揺れる。

「ごちゃごちゃうるせぇよ！　くそっ、返せばいいんだろう、ほらよ！」

酔っ払いのひとりが、透に向かって黒板を振り上げた。

「……っ……」

殴られる、と思った瞬間、透は男に引き寄せられていた。

ガッという鈍い音が響き、息を詰めてそばに立つ長身の男を見上げる。透の頭に黒板がたたきつけられる直前、男がかばうように右手で黒板を受け止めたのだ。

「だ、大丈夫ですか？」

透の声はみっともないくらいかすれていた。その声に男がこちらを見て小さく頷《うなず》く。

「大丈夫だ。私の心配はしなくていい」

「で、でも……」

彼が身を挺《てい》して受け止めてくれたおかげで、透は怪我《けが》をせずにすんだが、彼の右手が心配だった。

「――カフェの客なら、客らしく、大人しく座って待っていろ！」

低音の恫喝《どうかつ》に周囲の空気が震え、酔っ払い二人の顔からさっと血の気が引いていく。男から感じられるオーラは獣のように猛々《たけだけ》しく威圧感に満ちていた。

「……お、おい、行こうぜ」

敵《かな》わないとわかった二人は、そそくさと逃げるようにして、カフェから遠ざかって行く。途中で片方が転倒し、待ってくれよう、と情けない声を出しながら、もつれるように走って行った。

逃げて行く男たちの後ろ姿にホッと安堵の息を吐き、改めて男性に向き合う。

「助けてくれて、ありがとうございました。あの、手が……」

「心配しなくてもいいと、さっき言ったはずだ」

「あ……でもすぐに手を冷やした方がいいと思います。よろしければ、どうぞ中にお入りください」

透はカフェの扉を押さえ、男性を招き入れた。北欧をイメージしたカフェの店内は広く、カウンター席と四人掛けのテーブル席、そしてソファ席がある。

「ソファ席が広くてゆっくりできますので、こちらにお座りください」

男をソファに座らせると、透は彼の前に膝をつき、おずおずと自分の手を重ねるようにして、その甲にそっと触れる。ぴくりと彼の指が動いた。

(通りすがりの人に、迷惑をかけてしまった……)

血は出ていないし、ちゃんと動いていることで安心したが、やはり甲が赤く腫れて痛々しい。

透はすぐにタオルを冷水に浸して絞り、包み込むようにして彼の手を冷やした。その間に、スタッフルームから冷シップを持ってきて貼る。その後で改めて礼を言った。

「お怪我をさせてしまって、すみませんでした。助けていただき、本当にありがとうございます」

深々と頭を下げると、男は切れ長の瞳をじわりと細め、ソファにゆっくりと背を預けた。

「謝ることはない。君は店員としてきちんと対応した。……それより、少し顔色が悪いようだが？」

「……え？　い、いえ……そんなことは……」

思わぬ指摘に首を振ると、男が「そうか」と呟き、今度は完璧なまでの表情で微笑《ほほえ》んだ。

「あのメニュー表は、君が？」

男は視線で黒板を示した。透が戸惑いながらもおずおずと頷くと、彼は改めてぐるりと店内の壁面を見渡す。

「所々に置かれているイラストや、スタッフの似顔絵も？」

対面式の厨房の上にスタッフの似顔絵がある。滋野が気に入って額縁に入れて飾ってくれたものだ。

「はい、僕が描きました」

「とても上手だ。君は美術関係の学校に通っているのか？」

「い、いいえ、そんな、まさか……」

思いもよらぬ質問に、透は頬を紅潮させた。小さな頃から絵を描くことが好きで、母に買ってもらった自由帳に色鉛筆でいろいろ描いてきたが、専門的に学んだことはなく、すべて自己流だ。両親や姉の似顔絵もよく描き、それを披露しては喜ばれた。それでも趣味の一環でしかなかったから、美術関係の学校に通っているのかと訊《き》かれて驚いた。

「絵を描くのは、ただの趣味なんです……」

小さく呟くと、彼は目を輝かせて透を見た。

「――君の絵は優しくてあたたかい。小さなイラストにもホッとさせる癒しのような魅力がある。独特な線は鉛筆かな？　やわらかく繊細な線だが、優しい色合いと調和して素晴らしい。これはお世辞ではなく、私の心からの気持ちだ」

テーブルに飾られている季節の花を描いたイラストを見て、男は目尻をゆるめて言った。

「あ、ありがとうございます。すごくうれしいです。な、何か飲み物をお持ちします。コーヒーでいいですか？」

「ありがとう。実はこの二日ほど仕事が忙しくて、ほとんど寝ていない。今日も仕事の帰りだ」

「それじゃあ、濃いコーヒーを淹《い》れますね」

過分に褒められて、恥ずかしく思いつつもうれしさが胸の奥から込み上げてくる。

胸を躍らせながら厨房に入ってミルで珈琲豆《コーヒー》を挽《ひ》き始めると、時間を持て余したのか、彼がふいに尋ねてきた。

「君はいつからこの店でアルバイトを？」

「三か月ほど前からお世話になっています」

粉末にした珈琲豆をドリッパーに入れながら男の方を見た。ダークブラウンの瞳がこちらに向く。

「――君の名前を聞いてもいいか？」

「……ぼ、僕は折原透といいます」

真《ま》っ直《す》ぐに向けられる瞳に緊張してしまい、たどたどしい口調でつっかえながら名乗る透に、彼はふっと目を細めた。

「――年は？」

「は、二十歳です……」

「そうか、ずいぶん若いんだな」

（この人もそんなに変わらないと思うけれど……たぶん二十五歳くらいかな）

そう思いながら透はドリッパーに湯を注ぐ。ネルが包み込むように動き、ふわりとコーヒーの香りが広がる。その匂いに後押しされるように透も尋ねた。

「……あの、お、お客様の名前も……よかったら教えてもらえますか？」

彼の切れ長の双眸が、驚いたようにわずかに見開かれた。その表情に何か場違いな質問をしてしまったかと焦ったが、男は表情を改めてしっかりと通る声で名乗った。

「私は結城《ゆうき》和臣《かずおみ》だ」

（ユウキカズオミ……、ユウキカズオミ……）

忘れないように、彼の名前を心の中で何度か繰り返す。

彼——和臣の方をちらりと見ると、ソファにもたれ、再び店内を見渡している。

「ところで、君ひとりで開店準備をしているようだが、他の店員や店長はいないのか？」

「今はちょっと用があって出ていますが、すぐに戻ります」

「そうか……」

透は白いカップにコーヒーを注ぎ、ソーサーに載せて銀盆で運ぶ。

「お待たせしました。どうぞ——」

和臣の席へゆっくりと歩み寄った透は動きを止めた。

和臣は目を閉じていた。ソファの背もたれに体を預け、腕を組んだまま微動だにしない。長いまつ毛が端整な顔に影を落とし、規則正しい呼吸を繰り返している。

(眠ってる……？)

つい先ほど、会話を交わしていたばかりなのに、こんな少しの間に眠ってしまうなんて。

「……子供みたいだ」

思わず呟き、透は小さく笑った。大きなカフェの窓から、穏やかな陽射しが差し込み、和臣を包み込んでいる。

(仕事で二日も寝ていないって言ってたし……すごく疲れているんだろうな)

コーヒーを盆に載せたまま、眠っている和臣をじっと見つめた。

彼から目を離すことができない。大理石のようになめらかな美しい肌、彫りが深く整った顔。店先で彼を見た時から美しい男だと思っていたが、改めて目の当たりにすると、その完璧なまでの容姿に目眩すら覚える。

「……ん……」

小さく呻《うめ》くように和臣が声を上げた瞬間、透は我に返った。いくら美形とはいえ、同性に見惚《みと》れたのは初めてだ。

「私は、眠っていたのか……？」

ゆっくりと茶色の瞳を開けた和臣は、信じられないと言うように額に手を当て、呟いた。

「——どんなに疲れていても、人がいるところでは眠れないのだが……まさかうたた寝するとは……」

戸惑うように独りごちた和臣を見て、透は安心させるように言う。

「うたた寝といっても、ほんの少しの時間でしたよ」

「……そういえば、君と話している途中だった……」

彼は黙ったまま口元を手で覆い、何か思案している。

「あの、差し出がましいかもしれませんが、車の運転をするなら、仮眠を取った方がいいと思います。なんでしたら、お帰りになる前に店内で少しお休みになられますか？」

助けてもらった礼も兼ねて提案すると、和臣が小さく首を横に振った。

「いや、大丈夫だ。もうすっかり目が覚めた。それにたぶん、眠れないだろうから」

「そうですか」

きっぱりと言う彼の返答に頷き、透は運んできたソーサーをテーブルに置いた。

「コーヒーを淹れたので、よかったらどうぞ」

「――ああ、助かるよ」

言うと同時に和臣が姿勢を正し、コーヒーカップを手にした透の腕と彼の肘がぶつかった。

ガタッと音がした瞬間、持っていたコーヒーカップが大きく揺れ、あろうことか和臣のスーツの左腰の辺りにバシャッとこぼれてしまった。

「――っ、す、すみません……っ」

あわてて持っていたハンカチでスーツを押さえるが、こんなものでは汚れは落ちないだろう。全身から汗が噴き出し、透は重ねて謝った。

「本当にすみませんでした。あの……」

「気にしなくていい、洗えば落ちる。ぼうっとしていた私が悪い」

「で、でも……」

恐らく、オーダーメイドの超高級スーツだ。

（べ、弁償した方がいい……？）

とてもそんな金はないが、せめてクリーニング代だけでも……。しかしこんなスーツだと、クリーニング代も高いのだろう。頭の中でそんな考えを巡らせていると、突然、和臣が立ち上がった。

「え……？」

髪で覆われていた視界が明るくなり、透の肩が大きく揺れる。和臣の手が、透の前髪を掻き上げている。額が丸出しになった透は、彼を見つめて固まった。

「大丈夫だと言っているのに、そんな泣きそうな顔をするんじゃない」

物言いはどこか不遜《ふそん》だが、透の前髪を優しくなで上げた和臣が、穏やかに微笑んだ。窓ガラスに反射した陽射しが、和臣の茶色の瞳に映り込み、透はそのトパーズのような美しい煌めきに息を詰める。

「……君はどことなく私の弟に似ている。絵を描くのが好きなところなんて特にそっくりだ」

「えっ、弟さんに？　ぼ、僕が……？」

こちらに向けられる慈愛に満ちた眼差《まなざ》しに身じろぎした直後、静かな空間に着信音が割って入った。

和臣が透の髪から手を離し、スーツの胸ポケットからスマホを取り出した。

「……どうした？」

和臣の顔は先ほどまでの穏やかな表情から、真剣な顔つきに変わっている。

「——わかった。スケジュールを確認後、直ちに航空券の手配を——ああ、それから……」

近くにいたせいで、透の耳に通話の相手の緊迫した声が聞こえてきた。何を言っているのかはわからないが、相当込み入った話なのか、和臣の表情が険しさを増している。

通話を終えた和臣が息を吐いて透の方へ体ごと向き直った。

「……バタバタしてすまない。仕事で翌朝、アメリカに発つことになった」

「お忙しいのですね。どうぞ無理をしないでください。あ、あの、スーツを汚してしまって、本当にすみませんでした」

「気にするなと言っただろう？　君の方こそ、やはり顔色が悪い。無理をするなという言葉をそのまま君に返すよ」

彼がそう言った直後、駐車場から車のエンジン音が聞こえた。勢いよく扉が開き、滋野と菜々美が荷物を抱えて戻ってくる。

「透ちゃん、ただいま」

「お待たせ、透くん。何か変わったことは……え？」

店内に入った滋野が和臣を見た瞬間、メガネの奥の目を最大まで見開いた。

長身の滋野よりも和臣はさらに背が高く、透は向き合う二人を交互に見上げ、小首を傾げる。

「滋野店長……？　こちらの方とお知り合いですか……？」

透の声にハッと我に返った滋野は、深々と腰を折って和臣に頭を下げた。

「……ようこそいらっしゃいました。直ちに売上比較表など、視察書類を用意いたしますのでどうぞこちらへ――」

額に汗を滲《にじ》ませ、滋野が奥のスタッフルームを示した。

和臣は穏やかな表情で片手を挙げ、滋野を制する。

「視察ではなく、コンベンションセンターの会議に参加した帰りだ。自宅へ戻るまでにコーヒーを飲もうと思い、この辺りにうちの系列のカフェがあったこと思い出して寄った。それだけだ」

その言葉に強張《こわば》っていた滋野の顔がゆるみホッとしたような笑みに変わる。

「そうでしたか！　ではさっそく食事をご用意いたします。Aランチでよろしいでしょうか？」

「いや、寝不足なので、食事を摂《と》ると本格的に眠ってしまいそうだ。今日は自分で運転してきたから、コーヒーで十分だ」

透が淹れたコーヒーは、こぼれて少なくなっているし、湯気が消えて冷めているのが一目でわかるのに、和臣はソーサーを持ち上げカップを手に取ると、一気に飲み干した。

「美味しかった」

カツンと小さな音を立て、和臣はソーサーにカップを置いて透に手渡した。ありがとう、と付け加えて滋野に向き直る。

「私はこれで失礼する。開店前の多忙な時にすまなかった」

「いいえ、ぜひ、またお寄りくださいませ」

滋野の言葉に深く頷いた和臣が、透に視線を移した。

「いろいろと楽しかった。仕事が落ち着いたら、すぐに寄らせてもらうよ」

「は、はいっ、お待ちしております」

透が頭を下げると、和臣は優しい微笑みを残して、カフェから出て行った。

少しの間沈黙が落ち、滋野がぽつりと呟く。

「まさかあの方が来店されるなんて……驚いたな」

「滋野店長、今の人をご存じなんですか？」

透が尋ねると、菜々美がうっとりとため息をついた。

「俳優みたいに格好いい人だったわね」

菜々美の「俳優」発言に滋野は驚いてみせたが、すぐに納得したように表情を改めて頷いた。

「そうだったね、アルバイト店員の採用面接は店長のオレが担当しているから、うちで働いて二年以上経つ橘さんでもあの人のことは知らないか。彼は結城和臣さんといって……」

「あっ、そういえば、どこかで聞いたような気もするけど、あれだけのイケメンだし、やっぱり俳優とか歌手？」

滋野が苦笑してメガネのブリッジを押し上げる。

「あの方はこのユーキカフェのトップなんだ。つまり結城グループのＣＥＯだ」

（え……？）

透は息を呑んだ。菜々美もぎょっとして固まっている。

「え――っ、ＣＥＯって最高経営責任者でしょ!?　でも、あの人すごく若くなかった？　あたしの少し上くらいに見えたけど」

「オレも最初は驚いたよ。見えないけれど、結城さんはオレより三つ上の三十三歳なんだ」

「はぁっ？　あの美形が三十三ですって？　信じられない！　オッサンっぽい滋野店長と全然違うし！　ねえ、透ちゃんもそう思うでしょ？」

「僕も……二十五、六歳だと……」

（まさかあの人がこのカフェのトップだったなんて。しかも結城グループのＣＥＯ？）

今しがた目にした和臣の澄んだ瞳、若々しい顔立ちを思い出していると、滋野が不満そうに眉根を寄せた。

「おいおい、またか。オッサンは勘弁してくれよ。そうだ、あの雑誌！　二人とも、これを見てよ。結城さんのことが詳しく載っているよ」

カウンター横のマガジンラックから、これこれ、と言いながら滋野が雑誌を一冊抜き取った。『ビジネスファイン』という大手の経済誌だ。

「これ先月号なんだけど、結城さんが掲載されてて本社から送られてきたんだ」

雑誌を受け取り、透と菜々美は頭をくっつけるようにして読み始める。

大きな文字で『新しい時代の経営者たち、若き精鋭特集』とあり、スーツ姿の和臣が表紙を飾っている。ただ椅子《いす》に座っているだけなのに、写真の彼は堂々としていて、先ほどカフェに現れた時同様、見る者を圧倒する雰囲気を纏っていた。

ページをめくると、《結城和臣氏——結城グループの若きＣＥＯ》という見出しと共に、インタビユーを受けている和臣の凛々《りり》しい写真が掲載されていた。透は懸命に文章を目で追う。

《――財閥の流れを汲《く》む結城家は、年間売上高二億円を誇る結城産業をはじめ、海外にも多くの支社を持つ結城商事、そして結城工業、結城電気、ユーキテクノロジー、ユーキカフェなど、多業種の関連企業を経営している。天下の結城グループの若きCEO――それが結城和臣氏だ。有名私立大学経済学部から大学院へ進学、その後米国の大学へ留学し、博士号を取得している。身長は百八十五センチ、感嘆するほどの美貌の持ち主は、現在三十三歳だ。

　結城グループを超巨大企業に押し上げた前CEOの結城重忠《しげただ》氏は、六十歳を過ぎた二年前、会長席に退いた。そして当時三十一歳だった息子の和臣氏が結城グループ総裁に就任、経営の采配を振るい出した。若すぎるという当初の周囲の心配はまったくの杞憂《きゆう》で、二年経った今では増収一億円と大躍進を遂げている。さすが産業界の虎と呼ばれた天下の結城グループのCEOである。これからも若き獅子《しし》、結城和臣氏から目が離せない――》

　読み終えた菜々美が、深いため息をついた。

「……すごい！　まさに王子様」

その感想に異論はないが、頰を上気させる菜々美とは反対に、透の表情は強張っていく。

「ん？　透ちゃん、どうしたの？」

「こんなすごい人だと思わなくて……。CEOだなんて一言も言わなかったし……」

　世界的に注目されている実業家に助けてもらっただけでなく、怪我を負わせてしまった。しかも、コーヒーすらろくに運べず迷惑をかけてしまって……。

思い返せば思い返すほど、血の気が引く失態しかしていない。

青ざめながら肩を落とす透をよそに、滋野がうん、うん、と満足げに大きく頷く。

「そうなんだ。あの人が結城グループCEOになって二年、一度も業績が落ちていないんだよ」

「結城さんって独身なのね？　あたし狙《ねら》っちゃおうかな」

喜々として目を輝かせる菜々美を横目に、滋野は苦笑気味に肩をすくめた。

「橘さん、それは残念だったね。結城さんには一途《いちず》に想っている恋人がいるんだ」

「え？　本当に……？」

透と菜々美は弾《はじ》かれたように顔を上げて身を乗り出した。

「なんでも外国人女性らしい。今は海外にいてあまり会えないと聞いている。いずれにせよ、結城さんはオレと同年代だ。きっとアフロヘアの女性はお好きではないと思うよ」

黒縁メガネを押し上げ、胸を張って指摘した滋野を菜々美が嚙《か》みつくような目で睨みつける。

「アフロじゃないって何回言わせるのよ！　あーぁ、それにしても残念。また来るって言ってたから、もしかすると玉の輿《こし》が狙えると思ったのに」

「また来るというのは社交辞令だよ。なんたって、多くの会社を経営している結城グループのCEOだ。忙しいに決まっているさ。それにユーキカフェの店舗はうちだけじゃないしね」

（そっか……そうだよね）

透は彼が載っている雑誌に視線を戻した。

（……また会えたらうれしいけれど、すごく忙しそうだったし……）

助けてもらった礼も兼ねて、何かもてなしができたらと思っていたが、明日からアメリカに行くと言っていたし、多忙な毎日だろう。それに、都心から離れたこの店にわざわざ足を運ぶことなどないはずだ。

透はふぅっと息を吐いて軽く頭を振った。時計を確認した滋野が手をたたく。

「さあ、そろそろ開店時間だ。透くんはパンを並べて、黒板のメニュー表を入口に設置して。橘さんはテーブルセッティングの最終確認と、ドリンク準備をお願い」

滋野の指示に、はいっ、と透と菜々美は返事をした。菜々美は素早くホールの確認を始め、透は黒板を入口の近くに立て掛ける。「君の絵は優しくてあたたかい」と言ってくれた和臣の笑顔を思い出し、吸い込まれるような青空を見上げた。

（よし、頑張るぞ）

髪を直して帽子をかぶり、厨房に戻ってオーブンからパンを取り出しバスケットに並べた。

開店すると、子供連れの主婦や常連客でカフェは賑《にぎ》わった。透はオーダーを取ったり、料理の下準備を手伝ったり、珈琲豆を挽いてドリップしたり、息つく間もなく動きまわる。カフェの中はコーヒーとパンの香りが広がり、あっという間に夕方になった。

「透ちゃーん、スープの補充をお願い」

「了解です」

休憩を挟み、五時を過ぎると今度は会社帰りのOLたちが来店し始め、また忙しくなった。夕方からはスープ付きの軽食セットがメニューの中心になる。パンの人気は高く、持ち帰りの客も多い。午後八時にカフェは閉店するが、透は六時に上がることになっている。

「透くん、お疲れ様。今日もランチタイムのパンが少し余ったんだ。よかったら持って帰るかい？」

「いつもありがとうございます。いただきますね。それではお先に失礼します」

滋野からパンを受け取り、透は私服に着替えてカフェを後にした。

最寄りの駅で電車を降りて急ぎ足で歩いて行く。古びたアパートはひっそりと静まり返り、暗闇の中に溶け込んでいた。

部屋に入ると電気を点《つ》け、デイパックからパンを取り出してテーブルの上に置いた。くるみパンを朝食用に残し、手を合わせてレーズンロールとライ麦ブロートをありがたく頬張る。

「美味しい。さあて、もうひと頑張りだ」

デイパックを肩にかけ、透は部屋を出た。先週からカフェのアルバイトが終わった後、夜の八時から深夜二時までコンビニで短期間の登録制のアルバイトを始めた。そのコンビニまで足早で歩いて七分ほどだ。夜の風は昼間よりも少し冷たい。

(姉さん、僕のことは心配しなくて大丈夫だよ)

心の中で呟き、早足でコンビニまで歩いた。夜の街は静かすぎて、時折通り過ぎる車のヘッドライトが住宅街を照らし、どこかの家では犬が吠《ほ》えている。角を曲がった先にコンビニが見え、思わずホッとして駆け出す。

コンビニに入ってすぐにスタッフルームで制服に着替え、谷野《たにの》という大学生の男性店員と一緒にレジに入った。

「折原さん、なんか顔色が悪いっすね。疲れてるんじゃないっすか」

心配そうに声をかけてきた谷野に、透はあわてて首を横に振り、取り繕うように笑った。

「大丈夫です。ぼうっとして、すみません。あ、いらっしゃいませ――」

昼間、和臣にもされた指摘に、意識して表情を引き締める。

アルバイトを掛け持ちするようになって睡眠時間が減った。切り詰めた生活で、食事もカフェのアルバイトでもらうパンばかりだ。今日も少し走っただけで目眩を起こしたし、無理がたたっているのかもしれない。

それでも、弱音を吐いている暇はない。

眠い目を擦《こす》りながら、透は笑顔でレジを打った。


一週間が経ったある日、透はカフェで三回もオーダーミスをした。

「――透ちゃん？　なんだか今日はミスが多いわね。どうしたの？」

「……すみません……」

「もう、同じ年なんだから、あたしには敬語はいいって何度も言ってるのに、他人行儀なんだから」

ぶつぶつ呟いていた菜々美が、ふいに眉を寄せた。

「透ちゃん、目が充血してるわよ。顔も少し赤いし……」

菜々美がすっと手を伸ばして透の額に当てる。すぐにぎょっとした表情でその手を引っ込めた。

「すごい熱！　大丈夫なの？」

「……熱？」

そういえば、数日前から体が重かったし、今朝は少し耳鳴りと頭痛がしていた。

「どうして何も言わなかったのよー、透ちゃんの馬鹿《ばか》っ」

「……寝不足だからだと思って……」

「無理しちゃダメだからね。スタッフルームで休んでて。ホールはあたしともうひとりのアルバイトで回せるから」

菜々美は奥へ行くように繰り返した後、客に呼ばれてオーダーを取りにテーブル席に向かった。朝から降っている冷たい雨は、午後五時を回ってもまだ止《や》まない。

ふいに扉が開く音がして、ひんやりとした風が店内に入ってきた。透は半ばぼんやりとしながら反射的に声を出し、振り向く。

「——いらっしゃいませ……」

銀の盆を掲げたまま、動きを止めた。

ダークスーツを着た和臣が、入口で上着についた雨粒をハンカチで拭っていた。駐車場からカフェまで歩く間に濡《ぬ》れたのだろう。茶色の髪から透明な雫《しずく》が落ちて、額と首筋を濡らしている。店内にいた若い女性たちが目を瞠《みは》り、騒《ざわ》めきながら遠巻きに彼を見つめている。

顔を上げた和臣が、透に気づき、微笑みながら片手を挙げた。

「——やあ、今日のメニュー黒板もいい出来だ」

精悍《せいかん》な顔と宝石のような茶色の瞳を見て、透はさらに呆然となった。

(本当に、結城さんだ……)

もう一度会いたいと思い、でも諦めかけていた相手にまた会えた。熱でぼうっとしていた透の顔にも笑顔が浮かぶ。

「よ、ようこそ、結城さん」

「もっと早く寄りたかったんだが、昨日までアメリカにいた。すぐに寄ると言ったのに、すまない」

「いいえ、そんな……」

厨房の滋野が和臣に気づき、あわてて入口まで駆けてきた。

「これは、これは……いらっしゃいませ。今日はどうされました? ハッ、当店で何か問題が?」

緊張して縮こまってしまった滋野に、和臣はいたわるような口調で言った。

「仕事ではなくて、個人の客として寄った。Aセットを頼む」

「はっ、かしこまりました。透くん、結城さんをお席にご案内して」

「はい、どうぞ、こちらへ……」

まだ二度目なのに、和臣に会えたことで、透の鼓動はあり得ないくらいに速まっていた。心の中で、うれしい、うれしい、とはしゃいだ声が聞こえる。透にとって、すべてにおいて完璧な和臣は理想であり、憧れの人物になっていたのかもしれない。

高鳴る胸を抑えながら和臣をテーブル席へ案内していたが、普段より重く感じる足がうまく動かない。体の不調を意識した途端、汗が背中を滴り落ち、熱を持った指先が震える。

持っていた銀の盆が滑り落ちた直後、鈍い音が響き、体が前に傾いた。そのまま床になだれ落ちそうになった透の体を、和臣がとっさに摑み支えてくれた。

「——どうした、震えているが寒いのか？」

「す、すみません、大丈夫……です……こちらのお席に、どうぞ」

ぐっと唇を嚙みしめる。

（しっかりしろ……結城さんが……せっかく来てくれたのに……）

前回も情けない姿を見せてしまった。今回はしっかり働いているところを見てもらいたいのに、体が言うことをきかない。

「す、すぐに、お水をお持ちしますね……少々、お待ちください……」

どうにか立ち上がり無理に笑顔を作ると、額に大きな手が触れた。以前、透の前髪を搔き上げた彼のあたたかな手が、今は驚くほど冷たい。

「……スタッフルームへ行こう。熱が高い」

和臣にゆっくりと腕を引かれてスタッフルームに連れて行かれる。滋野もすぐに入ってきた。

「彼は熱がある。今日はもう仕事は無理だ。休ませてくれ」

和臣の言葉に滋野が大きく頷いた。

「わかりました。透くん、体調が悪いことに気づいてあげられず、すまなかったね。ひとりで帰れるかい？」

ズキンと頭が痛み、耳鳴りがして周囲の音が遠ざかる。それでもどうにか喉を震わせて、かすれた声を出した。

「……すみません……滋野店長……」

パタパタと駆けてくる足音と共に、菜々美がバッグを透に差し出した。

「ロッカーを開けさせてもらったわよ。ほら、透ちゃんのバッグ。私服は袋に入れておいたから」

「あ……ありが……と……」

立ち上がろうとするが、力が抜けてどうにもならない。

（しっかり、しなきゃ……これ以上みんなに、迷惑をかけるな……）

もう一度足に力を入れた瞬間、ぐらりと目眩がして、透はその場にうずくまった。

「あたし、透ちゃんを家まで送ります」

菜々美の声に、滋野が思案するようにメガネをかけ直した。

「そうしてくれると助かるけど、橘さんは透くんの家を知っているの？」

「行ったことはないですけど、住所は透ちゃんから聞いています。K駅から少し歩いたアパートです。あたしは車で来てるから、透ちゃんをアパートまで」

その声を和臣が遮る。

「——いや、私が車で送っていこう。君たちはカフェを頼む」

「ええっ、結城さんが、そんな——」

和臣は驚く滋野を視線で制し、透の背中と膝の後ろに手を回すと、軽々と抱き上げた。

「……っ」

ふわりと体が持ち上がり、透はうっすらと目を開けて和臣を見る。何か言おうと口を開けるが、喉がかすれて声が出ない。

大丈夫か、と心配そうな和臣の声が聞こえた気がして、小さく頷いた。

逞《たくま》しい彼の腕に抱かれ、ゆっくりと均等な間隔で体が揺れ、透はそのまま意識が遠のくのを感じた。


——透……。

ぽつぽつと窓をたたく雨音が聞こえ、その音がなつかしい声に変わった。

——透、透……起きてちょうだい。

振り返ると、母がいた。見慣れた黄色のエプロンを身につけ、長い髪を後ろでひとつに束ねた母が、優しく微笑んでいる。

——母さん？　あ、父さんも……。

いつの間にか母の隣には、真新しいコックコートにコック帽姿の父が立っていた。父も笑顔だ。

——お店の改装記念だ。家族で写真を撮ろう。ほら、透も友里《ゆり》もおいで。

はーい、と姉の友里の声がする。ああ、あの日だ、と透は思った。

新しくなった折原食堂の前で、喜々として三脚を立て、家族写真を撮った、あの日。

——透……、透……。

——なあに、父さん、母さん。

写真を撮り終えて振り返った視線の先には、血だらけで変わり果てた姿の両親が倒れていた。

「——……っ」

声にならない悲鳴を上げ、透は目を覚ました。

常夜灯だけが点いた、低く狭い天井が視界に映る。

（ゆ、夢……？　僕……寝てたのか……）

どのくらい時間が経ったのだろう。雨はいつの間にか本降りになったようで、静かな室内に雨音だけが響いている。頭痛と耳鳴りは治まっていた。

「——大丈夫か？」

部屋にひとりだと思っていた透は、声をかけられて息を呑んだ。声がした方に顔を向けると、スーツの上着を脱ぎ、白シャツを腕まくりした和臣が壁にもたれかかるようにして畳の上に座り、透を見つめていた。

「結城……さ、ん……？」

「気がついてよかった」

四畳半のボロアパートに、天下の結城グループCEOがいる。一瞬これも夢かと思い、ぎゅっと目を閉じた。しかし、再び目を開いても目の前の和臣は消えずに、じっとこちらを見つめている。

「君はカフェで倒れた。私が車で君を送り、布団を敷いた。そこまでは覚えているか？」

そういえば、アパートに着いた後、和臣に抱かれて布団に寝かされたような気がする。

透が頷くと、彼は安堵したように息を吐き、額に置かれたタオルに手を伸ばした。氷水が張ってある洗面器の中に浸してタオルを絞る。

「結城さん……ずっとついてくれていたんですか？」

「ああ、君は二時間ほどぐっすり眠っていた。先ほど私の主治医を呼んだ。心身の過労からくる発熱だそうだ。安静にすることが大切だと言っていた」

「過労……ですか……あっ」

透はハッとして枕元の置き時計を見た。九時半だ。今日のアルバイトは十時からだった。

「どうした、時間が気になるのか？」

「じゅ、十時から、コンビニのアルバイトが入っているんです。休むって連絡しないと、谷野くんに迷惑が……近くのコンビニなので、僕……」

和臣がピクリと眉を動かした。

「君はアルバイトを掛け持ちしていたのか？」

「は、はい……あの、電気を点けますね……」

手をついて体を起こそうとすると、和臣が素早く立ち上がって電気を点けてくれた。眩しさに目を細めている透へ、黙ってスマホを差し出す。

「あ、ありがとうございます。お借りします」

アルバイト先のコンビニに電話をかけ、すまないが熱が出たので休ませてほしい、と伝えると、谷野はのんびりした口調で、他のアルバイトに来てもらうので大丈夫です、お大事に、と言ってくれた。

ホッと息をつきながら、もう一度礼を言ってスマホを和臣に返すと、彼は透の肩を優しく押し、布団に横になるように促した。

「――過労で倒れるわけだ。まったく君は……」

「す、すみません。かなりよくなりました。耳鳴りも消えたし、頭痛も治まって……」

「それはよかった。顔色がだいぶよくなっている。解熱剤が効いたんだろう。水分を摂った方がいいと、主治医がミネラルウォーターを置いて行ったが、飲めるか？」

頷くと、和臣が透の首の後ろに手を入れて頭を持ち上げ、ペットボトルを口へ近づけてくれた。渇いた喉に冷たい水が流れ込み、生き返った心地で小さく息を吐く。

「美味しいです……」

和臣は軽く頷いて、透に掛け布団をかけ、額に冷たいタオルを乗せる。

「忙しいのに、ご迷惑をかけてしまって……」

「急ぎの仕事は終わっている。後は帰宅するだけだ。迷惑ではない」

和臣を見上げてぎこちない笑みを浮かべると、彼もつられるように微笑んだ。

「……おなかが空いているんじゃないか？　何か消化にいいものを買ってこよう」

（……あ）

ゆっくりと立ち上がった和臣を見て、急激な不安に襲われた。先ほど家族の夢を見たせいかもしれない。静かな室内に雨音がやけに大きく聞こえる。

「あの……」

できればここにいてください、そう言いかけたが、言葉が続かなかった。

「どうした？　欲しいものがあるなら、遠慮なく言ってくれ」

和臣は優しく訊いてくれたが、何も言えず左右に首を振る。もう少しここにいてほしいが、それを伝えていいのかわからない。和臣にこれ以上面倒はかけられないという思いが、透の口を重くする。

「……なんでも……ありません」

「いいから言ってくれ。君の気持ちが聞きたい」

気遣う言葉どおり、彼の表情に不思議と透を受け入れてくれるような安心感を覚えた。それに後押しされ、おずおずと固まった口をこじ開ける。

「……お、おなかは空いていません。だから、もう少しだけそばにいてもらえますか？　お願い、します……」

いつの間にか布団を握る手が小さく震えていた。それに気づいた和臣が、透の顔をのぞき込む。

「……急にどうした？　何か気がかりなことでも？」

「すみません、ひとりになるのが、怖くて……」

消え入りそうな声で告げると、和臣が一瞬だけ口を閉ざし、沈み込むように布団の近くに腰を下ろした。

「――わかった、そばにいる」

彼の凛《りん》とした声に、強張っていた体から余計な力が抜け落ちる。和臣がそばに座っただけで、なぜかあたたかな安堵が湧《わ》き上がってきた。

「すみません、もう少しだけ……」

多忙な和臣に無理を言ってしまったが、彼は恐縮する透に理由を訊かず、気にするな、と言ってくれた。

「あの写真は、君のご家族か？」

ふと和臣が小型冷蔵庫の上に置いてある家族写真に視線を移して尋ねた。

「……そうです。両親と姉です」

「心が和らぐような雰囲気の写真だ。君もとても幸せそうに笑っている」

そう言いながら透の額からタオルを取ると、氷水の中に浸して絞り、また額に乗せてくれた。長い指先が汗で張り付いた前髪を払ってくれる。彼の手が冷たくて気持ちいい。

「訊いてもいいか？　なぜアルバイトの掛け持ちをしている？」

「それ、は……」

躊躇《ちゅうちょ》したものの、透は小さく息を吐いて、か細い声で答える。

「……四年前……僕が十六歳、姉が十八歳の時……両親が亡くなったので……」

驚いたように、和臣の瞳が大きく見開かれた。

「そうだったのか……よかったら、もう少し君の事情を聞かせてくれないか」

そう言われて言葉に詰まってしまったのは、今まで誰にも、菜々美や滋野にも、話したことがなかったからだ。

「無理にとは言わないが……」

透のためらいを見透かすように、和臣がわずかに眉尻を下げる。

申し訳なさそうなその顔で、包み込むようにそっと頬を撫でられた。

その感触に、絡まっていた糸が解けるように、透の口から言葉が紡ぎ出される。これまで溜《た》め込んでいた思いを開放したいのか、和臣に聞いてほしいという気持ちが、胸の奥底から押し寄せてくるようだ。

「……僕の両親は、小さな食堂を経営していました。お客さんが増えたので改装して店を広げたんです。その写真は改装オープン時のもので、一番幸せな時でした。その数か月後、両親は交通事故で亡くなりました。雨足が激しい日で、食材の購入のために朝早く市場へ向かっていたところ、前日に降り積もった雪と雨で道が滑り、ガードレールに突っ込んで……」

声が震えて語尾が小さくなり、途切れた。両親が亡くなった日も、今日のように雨が降りしきる天候だった。誰が悪いわけでもない、不運な事故だった。それでも透と姉の生活はその後大きく変わった。

「高校三年生だった姉と、高校一年生だった僕は、改装費の支払いと生活費を稼ぐために、高校を中退しました。ここよりもう少し広い、似たようなアパートで暮らしながら、二人でコンビニや新聞配達のアルバイトをして……。両親の事故による保険金をつぎ込んでも、改装費の借金が五百万円ほど残ったので……」

和臣は何か言いかけたが、口を閉じて無言のまま頷いた。透は話し続ける。

「……半年前、姉がアルバイト先で知り合った人と結婚したんです。姉の旦那さんは、結婚と同時に九州《きゅうしゅう》に異動になりました。姉も姉の旦那さんも、九州に行っても、借金の返済をしてくれていましたが、姉が妊娠して……仕事が忙しくて流産しかけて……なんとかおなかの子は無事でしたが、これ以上無理をしてほしくなくて、僕が残った借金を請け負いました。姉は納得しませんでしたが、あと一年ほどで完済予定だったので最後は折れてくれました。アルバイトを掛け持ちしたのは、出産費用だけでも大変だろうから、少しでも貯金して姉を喜ばせたいと思ったからです。でも、みんなに迷惑をかけてしまって、すみません」

話し終えた後、雨漏《あまも》りの染みが広がる古い天井を見上げて息を吐く。訊かれたとはいえ、財閥の流れを汲む家柄の彼に、みっともない話をしてしまった。透はいたたまれなくなり、顔を背ける。

その直後、凪《な》いだ湖面のような穏やかな声が響いた。頬にもう一度、滑らかな感触が走る。

「――君は、ひとりで頑張ってきたんだな。すごいことだ」

「……あ、当たり前のことです。別にすごくなんか……」

戸惑うような呟きが、和臣のはっきりとした声に遮られる。

「簡単なことじゃない。自分の将来のために勉強する機会も、友達と過ごす時間も諦めて働いて、きっと買いたいものがあっても我慢して節約してきたんだろう。それに、お姉さんのために倒れるまで無茶をして……君は優しく、強い心の持ち主だ」

透は両目を大きく見開いて、真っ直ぐにこちらを見下ろしている和臣を見つめ返した。視線が絡み合うと、頬に触れる彼の体温と相まって、胸の奥に抑えていた感情がじわじわと広がっていく。

高校を中退する時、クラスメイトから理由を訊かれても、アルバイト先でも、今まで誰にもこの話をしなかったのは、人前では泣かないと決めていたからだ。両親のことを思い出すと涙を堪《こら》えられず、周りに迷惑をかけてしまう。それに、借金があると言ったところで心配をかけるだけだし、重荷になるような話をするのが嫌だった。それなのに、なぜか和臣には訊かれるまま話してしまった。もしかしたら、頬から伝わる彼の優しい体温が、頑《かたく》なな心を溶かしてしまったのかもしれない。

透の喉から呻くように声が漏れ、目頭が熱くなる。込み上げてきた熱が両目から涙となってあふれ出した。

「……ぅ……っ……僕……」

両親を亡くしてからの生活は大変だった。それでも大丈夫だと自分に言い聞かせて頑張ってきたが、孤独な生活は思った以上に心に負担をかけていたのかもしれない。

泣かないように唇を嚙みしめるが、次々と涙が頬をこぼれ落ち、枕に吸い込まれていく。

今でも、家族四人で過ごした時のことを思い出す。それは決まって、何気ないやりとりだった。家族でテレビを見ながら食べるいつもの夕食や、休みの日にドライブに行った思い出。当たり前だった日常と、両親の笑顔……それらが突然失われた悲しみをずっと抑え続けてきた。両親を弔って以来、こんなふうに泣いたことはなかったのに、突き上げるような想いが涙となってあふれ、透は堰《せき》を切ったように泣いた。

「すみま、せん……」

「なぜ謝る？」

「……情けないから、です……。僕は……弱い人間だから……」

男のくせにめそめそする人間だと、和臣に呆《あき》れられたくない。

目の前が滲んで和臣の表情はわからないが、そんな中、優しい声が耳朶《じだ》を打つ。

「泣くことと弱さは関係ない。泣きたい時は、思い切り泣けばいい。苦しみや我慢を涙で吐き出した後は心が軽くなる。だから前を向くことができる。泣くということは恥ずかしいことではなく、大切なことだと私は思う」

明瞭に言い切られた言葉が胸の奥に染み入り、内に抱えたものを吐き出していいのだというあたたかな気持ちが込み上げてくる。

初めて会った時、酔っ払いから助けてくれた。また会えたらと思っていると、カフェに来てくれた。熱を出して倒れてしまった自分を家まで送ってくれ、看病までしてくれて……そばにいると不思議と安心できる、優しい人……。

トクン、トクンと心臓が鼓動を速め、疼《うず》くような感覚が全身を包み込む。

(なに……？　どうしてこんな気持ちになるの……？)

初めて感じる胸のときめきに動揺しながら、透は布団を頭までかぶり、体を震わせて嗚咽《おえつ》を漏らした。

窓の外の雨はいつの間にか小降りになっていた。

「……す、すみませんでした。本当に……」

さんざん泣いた後で透は、しゃくり上げながら布団から顔を出し、真っ赤になった目で謝った。和臣は穏やかな笑みを浮かべて首を横に振る。

「落ち着いたか？」

「……はい、結城さんのおかげですっきりしました」

切れ長の瞳を細めて苦笑した和臣が、ゆっくりとした口調で言う。

「私のことは下の名前で呼んでくれないか？　和臣だ」

「下の名前で……？」

涙に濡れた瞳で尋ねると、和臣がふっと唇を横に引いて微笑んだ。

「普通に『さん』付けか、呼び捨てでいい。私も君のことを下の名前で呼ばせてもらう。いいかな、透？」

初めて名前を呼ばれ、ドキンと大きく心臓が高鳴る。

「わ、わかりました。か、か、和臣さん……？」

緊張してどもった挙句、声が裏返ってしまう。それでも和臣は満足そうに頷いた。

「透、これから真面目《まじめ》な話をする。君と初めて会った時から考えていたことだ。真剣に聞いてほしい」

真摯《しんし》な口調に変わった和臣に、透は気持ちを引き締めながら耳を傾ける。

「——私には兄と弟がいる。弟は陽太《ようた》というが、彼はまだ八歳だ」

その年の差に、透は驚いて目を瞬《しばた》いた。確か和臣は三十三歳のはずだ。

「以前、僕に似ていると言ってた弟さんは八歳だったたんですか？」

頷くことで答えた彼は、部屋の中を見回した。所々に飾ってある手描きの絵を見つめて小さく微笑む。

「君のことを子供扱いしているわけではない。気を悪くしないでくれ。前にも話したが、君と陽太は、絵を描くことが好きなところが似ている。あと素直なところも」

和臣はゆっくりと漆黒の窓に視線を向けた。カーテンが敷かれていないガラス窓には、小さな雨粒が点々と散らばり、街灯の灯《あか》りを鈍く反射している。

「陽太は生まれつき腎臓が悪くて、ちょっとした風邪でもすぐに熱を出してしまう。学校を休みがちで、私や兄の他には、家令の徳川《とくがわ》しか心を許して話せる相手がいない」

「そうなんですか……」

沈痛な面持ちで眉根を寄せる和臣の横顔から、彼が弟を大切に思っていることが伝わってくる。

透が言葉を探していると、彼の凜とした声が響いた。

「それでちょうど、陽太の世話をしてくれる人を探していた。それを透にやってもらいたいと思っている」

「……え？」

「陽太の世話係を君にやってもらいたい」

予想だにしていなかった懇願を繰り返され、透は啞然《あぜん》となる。

「――ぼ、僕ですか？　……無理です、そんな……」

「なぜ？」

強い視線に気圧《けお》されて、じわじわと視線が下がり、最後にはうつむいてしまう。

「な、なぜって、僕はなんの資格も持っていません。結城家のご子息の世話係なら、小学校教諭の資格を持ったきちんとした人の方が……僕は高校中退ですし、まだ借金が……」

「そんなことは関係ない。陽太の勉強面をサポートする家庭教師は別にいる。君には世話係として、陽太の話し相手になってもらいたい。陽太は友達も少ない。それに母親もいない」

「えっ、お母さんも？」

思わぬ事実に声を大きくすると、和臣が低い声で説明した。

「陽太は私の父と元ホステスの女性との間に生まれた。陽太の母親は、彼が三歳の時に病死して、その後陽太は結城邸に引き取られた。父は今、結城邸ではなく都内のマンションで暮らしている。私も兄も仕事で忙しく、陽太はひとりでいることが多い。食事もひとりで摂っている」

「ひとりで……」

結城グループほどの家なら、透の想像も及ばない広い邸宅だろう。透の脳裏に、そんな屋敷に寂しそうにひとりでいる八歳の少年の姿が浮かんだ。

チクリと胸が痛んだが、それでも安易には頷けない。

「でも……とても僕に務まるとは思えません……」

「君と陽太は気が合うと思う。それに、君なら陽太にいい影響を与えてくれるはずだ」

「いい影響、ですか？」

オウム返しで問うと、和臣は言いあぐねるように一瞬だけ視線を彷徨《さまよ》わせた。

「……そうだ。私も陽太も周囲から『結城』という家名と共に認識され、育ってきた。仕方がないと思っているが、息苦しさを感じるのも事実だ。君は不思議と相手の気持ちを楽にする。陽太も君の前では本当の自分でいられる気がする。私自身、君の前で居眠りをしてしまったし。あの時は驚いたが、君の存在が緊張を和らげてくれたんだろう。その直感を信じて君に陽太を任せたいと思った」

それは初めて会った日のことだろうか。酔っ払いから透を助けてくれたあの日、和臣は招き入れたカフェで数分だったが意識を飛ばした。あの時の穏やかな寝顔は、透の眼裏《まなうら》にはっきりと残っている。

当時のことを思い出したのか、バツが悪そうに肩をすくめた和臣だったが、一拍分の間を置き、居住まいを正した。

「私は君を信じている」

真っ直ぐな瞳を向けられて言葉が出なかった。彼の声が鼓膜を伝わり、脳の奥へ不思議と染み込んでくる。『信じている』と、和臣は透の身の上を聞いた上で、弟を任せたいと言ってくれた。

(和臣さんは僕を信頼してくれてる……)

信頼——会って間もない自分にはもったいない言葉に、透はぐっと拳《こぶし》を握った。心が揺り動かされているのがわかった。分不相応だと逃げるのは簡単だが、こんな自分でも彼の力になることはできないだろうかと考える。

(僕が和臣さんの弟のお世話を……)

母を亡くし、父と離れて暮らしている陽太のことを思う。両親を失った自分と似た環境の八歳の少年。彼のために自分は何ができるのだろう。

務まるかどうかわからない。それでも陽太の話し相手になって楽しい時間を与えてあげたい。そして和臣の信頼に応えたい。その想いが募り、胸中がじんと熱くなった。

「やってみたいと思います。でも……僕はカフェとコンビニのアルバイトが……」

「そのことなら心配いらない。ユーキカフェはアルバイト希望者が多いし、他店舗から助《すけ》っ人《と》を呼ぶという方法もある。それに――」

彼は部屋の中を見渡し、表情を曇らせた。

「これから寒くなるのに、こんな隙間風が入ってくる部屋に君を置いておきたくない。結城家は部屋がたくさん空いている。家賃はいらないから、ぜひ住み込みで働いてほしい。給料は仕事内容に合わせて後日決めるが、今の君のアルバイト代以上は支払うと約束する。君が借金を早く返せるように私も協力したいし、陽太のことを任せられるという、信頼と感謝を形にさせてほしい。陽太のためにもぜひ結城家に来てくれ。私たちには君が必要だ」

繰り返される和臣の真摯な言葉に、自分がどこまで役に立てるかわからないが、彼のために頑張ってみようと思った。

「……わかりました。こんな僕でよければ……」

「本当か？　無理を言ってすまない。だが君の決断に感謝する」

（そんな……感謝するのは僕の方だ）

なんの取り得もない自分を受け入れ、頼りにしてくれた和臣の気持ちが何よりうれしかった。今の段階では力になれるかどうか自分でも不安を感じるけれど、できる限りの努力をしたいと思った。

いつの間にか、雨は止んでいた。

翌朝、カーテン越しに差し込む光で、透はうっすらと目を開けた。

あれから和臣が買ってきてくれたお粥《かゆ》を食べてぐっすり眠った。日付が変わる前に彼は帰ったが、一日で体調がここまで回復したのは、和臣が介抱してくれたおかげだ。

「……ん……頭痛も治まったし、これならアルバイトに行ける……」

目を擦りながら起き上がり、古びたパジャマから私服に着替えていると、玄関のチャイムが鳴った。

「は、はい」

こんな早朝に誰だろうと思いながら玄関へ向かい、声をかける。

「どちら様でしょうか？」

「――私だ。開けてくれ」

（こ、この声は……）

扉越しに返ってきた声に、透はあわてて鍵を外して扉を開けた。そこには古びたアパートに不釣り合いなスーツ姿の和臣が紙袋を持って立っていた。

「か、和臣さん！　え、あの……」

昨日の今日で、さらに今日は平日だ。てっきり多忙な彼は仕事に向かったと思っていた。透はアパートに再び現れた和臣を前にして、夢でも見ているのかと目を瞬かせた。

「心配で寄ってみた。透、体調はどうだ？」

美麗な顔をぼんやり見つめていると、前髪を掻き上げられ額に手を当てられた。顔をのぞき込まれて、ドキンと心臓が跳ねる。何も言えずに見つめ返している透を見て、和臣は安心したように肩を下げた。

「昨夜より顔色がずいぶんとよくなっている。熱も下がったようでよかった」

「あ、ありがとうございました。昨夜は本当に……い、いろいろとご迷惑をかけてしまって……」

和臣の前で大泣きしたことを思い出し、透は羞恥で彼を直視できず、微妙に視線を泳がせる。

「気にしなくていい。それより朝食を持ってきた。それと――昨夜話した、陽太の世話係としての職務内容を確認してほしい」

「……は、はい。あの、中へどうぞ」

急なことだと思ったが、それだけ急いでいるのかもしれない。透は身を引き、和臣を中に通した。

狭い室内に布団が敷きっぱなしだったことに気づき、あわてて畳む。

「透、まだ安静にしていた方が……それに私は運転手を待たせている。布団はそのままでいい」

「もう体調はすっかり回復しましたので、すぐに……」

布団を押し入れにしまい、就寝中は立て掛けている簡易テーブルを部屋の真ん中に置いたが、座布団がない。

「座布団がなくて……すみません」

和臣は大丈夫だ、と笑って紙袋を手渡し、畳の上に腰を下ろした。

「それはうちのシェフが作った弁当だ。君の口に合うといいのだが」

紙袋はずしりと重い。透は頭を下げて礼を言い、ありがたく受け取った。紙袋をカラーボックスの上に置き、和臣と向かい合うように座る。彼は数枚の書類をテーブルの上に並べ、そのうちの一枚を透の前に置いた。

「……結城邸での君の部屋だが、三階のゲストルームを使ってもらおうと思っている。バス・トイレ、ミニキッチンと冷蔵庫、テレビやパソコンをはじめ、この用紙に書いてある家具や電化製品が揃《そろ》っている。他に欲しいものがあれば用意する。何かあるか?」

「あ……いえ、それだけあればもう十分で……あっ、あの、家賃は……?」

豪華な設備に不安になって尋ねると、和臣が首を横に振った。

「空き部屋だから、家賃はいらない。食事も他のスタッフと同じく無料で提供する。それから給料の件は、家令の徳川と今朝話し合って決めた。これでどうだろう」

明細が記載された書類を見て透は驚いた。その用紙には大学卒の初任給以上の金額が書かれている。

(家具や電化製品がついた部屋に住まわせてもらって、食事までついて、こんなにお給料をもらえるの?)

透は戸惑って瞠目《どうもく》し、和臣を見る。

「う、うれしいですが……お、多すぎると思います。僕は高校中退の身で、なんの資格も持っていませんし……」

今度は和臣が驚いて、かすかに片眉を上げた。

「学歴云々《うんぬん》は気にしない。君への信頼と期待を形にした。だから遠慮しなくていい」

きっぱりと言い切った和臣の真剣な眼差しに、透はどうしたものかと考える。これだけもらえれば、姉の出産のお祝いを買ってあげられるし、借金の返済も、あと一年のところが半年くらいで終わりそうだ。

(すごくありがたい。でも……)

「……ありがとうございます。精一杯頑張らせていただきますが、お給料については保留にしてください。まずは一か月、試用期間という形で様子を見て、それで決定していただけるとうれしいです」

ぺこりと頭を下げる透に、和臣が苦笑まじりの笑みを浮かべた。

「君は本当に謙虚だな。わかった。君が望むならそうしよう。今朝、ユーキカフェの滋野店長に、君をしばらく休ませてほしいと伝えた。少々強引な気もしたが、彼に『よろしく頼みます』と言われたよ。彼なりに君のことを心配していたようだ。代わりのアルバイト店員が見つかるまで、他のユーキカフェの店舗から助っ人に入ってもらうことになったから心配しなくていい。結城邸には専属医師、栄養士とコックがいる。栄養のある食事が摂れるし、なるべく早く君に来てほしい。……そうだ、今日の午後一時に迎えの車を寄越そう」

「えっ、今日ですか？」

透は目を丸くした。大企業を束ねるＣＥＯの決断力に驚いている間に、和臣がアパートの室内を見渡し提案した。

「当面の間、このアパートはこのまま借りておいた方がいいだろう。さっきも言ったが、家具と電化製品は準備しているし、他にも必要なものがあればこちらで用意する。取り急ぎのものだけを持って結城邸に来てくれ。いいね？」

有無を言わせない迫力が和臣の言動にはある。透が頷くと、彼は端整な顔を綻ばせて立ち上がった。

「結城邸の家令である徳川に話を通してある。彼にいろいろ聞いてくれ。それじゃあ、私は仕事に行くので、これで失礼する。透が結城家に来るのを、私も陽太も楽しみに待っている」

優美な仕草で手を振ると、和臣は出て行った。少しの間、ぼんやりとドアを見ていた透は、我に返ってうろうろと狭い部屋の中を歩き回り、ぶつぶつと呟く。

「……えっと、えっと……そうだ、派遣会社に連絡してすぐにコンビニに行って、アルバイトをしばらく休むって伝えないと……ユーキカフェにも挨拶《あいさつ》に行って……あっ、その前に朝ごはん！」

和臣から手渡された紙袋から弁当箱を取り出してテーブルの上に置く。二段になったお重の中は色彩豊かな和食料理がふんだんに詰められており、口に運ぶと素材の風味とさっぱりした旨味《うまみ》が口いっぱいに広がった。

「うわ、美味しい！」

舌の上に広がる栄養が考慮された料理を味わい、あっという間に食べ終わる。手を合わせてごちそうさまをすると、カラーボックスから色あせていないカットソーに無地のズボンという、持っている数少ない衣類の中で、一番いい服に着替えた。財布だけポケットに入れてアパートを出る。

一陣の風が吹き、踊るように落葉が舞う中、まずは公衆電話から派遣会社に連絡し、事情を話した。その後、アルバイト先のコンビニへ向かう。ちょうど店長がいて、同じように事情を話し、了承を得られた。アルバイトを始めて日が浅いことで申し訳なく思ったが、短期間の登録制のアルバイトだったことと、求人をかければそれほど苦もなく新しいアルバイトが見つかるからと、恐縮する透に店長は言ってくれた。

安堵した透はその足で電車に乗り、ユーキカフェに向かった。途中で心ばかりの手土産《みやげ》を買い、金色に輝く銀杏の葉がハラハラと舞い落ちる中、カフェまで走り、扉を開ける。

「おはようございます！」

開店前の店内はコーヒーとパンの香ばしい匂いに包まれている。滋野と菜々美が手を休めて笑顔で迎えてくれた。

「よっ、透くん。息を切らして、走ってきたの？　若い子は回復力がすごいね」

「透ちゃん、大丈夫？」

滋野がグラスに水を注いで手渡してくれ、菜々美が透の額に手を当てる。

「熱もすっかり下がったみたいね。透ちゃんが元気になってよかったー」

グラスの水を一気に飲み干して、二人に向き直った。

「あの、すみません、僕……」

「しばらくアルバイトを休むんだろう？　今朝、結城さんから連絡があったよ。弟さんの世話係として働くことになったと聞いて驚いた。透くん、すごいじゃないか」

そう言って滋野は透の肩をぽんとたたいた。透は改めて姿勢を正す。

「迷惑をおかけして申し訳ありません。僕に務まるかわかりませんが、声をかけてもらえたことがうれしくて……今日から頑張ってみようと思います」

深く頭を下げる透の背中を、菜々美が叱咤《しった》激励するようにバシバシと強くたたいた。

「もう、透ちゃんったら、結城邸で働けるなんて、うらやましいー。それで今日の私服はきれい目なのね。でも、そんなシンプルな格好であの結城邸に行って大丈夫なの？」

「心配してくれてありがとう、菜々美さん。近々、ちゃんとしようと思ってるから」

透自身、結城邸で働くにあたって、新しい服で出向きたいと思った。しかし急なことで準備時間がなく、何より今月は特に生活が苦しかったので、給料が入るまで食費すらままならない状態なのだ。

「透ちゃんは優しいから、お世話係ってぴったりよね」

「オレもそう思う。透くんお手製のメニュー表もなくなるし、店としては寂しくなるけれど、応援しているよ」

そう言ってくれる二人の優しさに、透は胸がいっぱいになった。

「ありがとうございます。一生懸命、頑張るつもりです。カフェのアルバイトを急にお休みすることになってしまい、本当にすみません。あの、これ、つまらないものですが、休憩時間に皆さんで食べてください」

持参した菓子折りを手に頭を下げる透を見て、滋野が顔の前で手を振った。

「ありがとう。でも本当に気にしないで大丈夫だから。結城社長が新しいアルバイトの子を手配してくれたし、少しの間、駅前店から応援に来てくれることになったから、カフェの方は心配しないで。ねえ透くん、何かあったら、いつでも戻ってきてよ。オレは透くんの兄貴分だ。なんでも相談に乗るぞ」

菜々美が滋野の肩を押しのけ、透の前に立つ。

「あたしだって、透ちゃんの味方だからね。これからもカフェに寄ってね。約束よ」

「はい……ありがとう、ございます」

感謝の気持ちが胸に広がり、二人にまた会いにくることを約束して店を出た。

足早に歩き、駅まで戻って時計を見ると十二時過ぎだった。

（午後一時に、迎えの車がくる。遅れないようにしないと）

電車に乗って古びたアパートに戻ると、結城家から来たであろう黒塗りの車がすでに待っていた。

「あ……もう来てる……」

透はあわてて車に駆け寄り、白手袋をつけた運転手に、すぐに支度をすると伝えた。

急いで部屋に入り、着替えと冷蔵庫の上の家族写真、姉からの手紙、描きためたスケッチブック数冊をバッグに詰め、もう一度四畳半の部屋を見渡した。戸締りをしてデイパックだけ抱えて部屋を後にし、階段を駆け降りる。そんな透を見て、運転手が眉を寄せた。

「……荷物はそれだけですか？」

「はい、お待たせしてすみませんでした」

「……どうぞお乗りください」

言いながら運転手の視線が上から下へ、透の全身に注がれた。どこか値踏みするようなそれに体を強張らせながら後部座席に乗ると、車が動き出す。透は緊張する気持ちを抑えるように、運転手に話しかけた。

「あの、結城邸まではどのくらいかかりますか？」

「………」

聞こえなかったのかと思い繰り返し尋ねたが、運転手は何もしゃべらない。車内には沈黙だけが広がった。

無言のまま車は大通りを一時間ほど走り、やがて閑静な高級住宅街に入る。周囲の大きな建物に目を奪われていると、ひときわ高い石門の前で車が停《と》まった。

「結城邸に到着しました。お降りください」

バッグを抱いて車を降り、守衛所に声をかけている運転席に向かってぺこりと頭を下げる。

「わざわざ迎えに来てくれて、ありがとうございました」

ネームプレートに『山崎《やまざき》』とある四十代前半くらいの運転手は、ちらりと透を見た。

「……和臣様のご命令ですので」

素っ気なく答えると、山崎は振り返らずに車に乗って行ってしまった。

どこか冷たく感じる対応に、萎縮してしまう。

「まずは……徳川さんに会わないと」

呟いて結城邸の門をくぐった透は、その広大さに思わず感嘆の声を上げた。

「わぁ、神奈川《かながわ》の一等地で、この大きさはすごい」

高い塀に囲まれた邸内は、別世界の人間が住むような、巨大な北欧風の三階建ての建物が周囲を圧していた。手入れの行き届いた庭があり、庭園の隣には駐車場が見え、フェラーリやベンツなどの高級車がずらりと並んでいる。

噴水の設置された大きな玄関アプローチの奥に、重厚そうな両開きの扉が見えた。

「……」

こくりと喉を鳴らし、バッグを抱え直すと、回れ右をして裏口を探す。

（とても正面玄関から入れないよ……）

中庭を屋敷伝いに歩いていくと、正面玄関に比べ多少質素な扉があった。呼び鈴が見当たらないので扉をノックして声をかける。

「あの、すみません」

「……はい」

ドアを開けてくれたのは、黒色のワンピースに白いエプロンをつけた若い女性だ。結城邸の使用人だろうか。

「僕は折原と申します。和臣さんから紹介された、陽太くんの世話係です。よろしくお願い……」

「どうぞ、お入りください」

扉を開けてくれた女性は、透が話している途中で言葉を挟み、くるりと背を向け廊下を歩いて行ってしまう。

「え？　あの……」

扉はやはり建物の裏口のようで、その先には絨毯《じゅうたん》敷きの長い廊下が延びている。ドアを開けてくれた女性はもう奥へ行ってしまった。ひとり残された透は踏鞴《たたら》を踏み、動揺しながら建物内を見渡す。

少しすると近くのドアが開き、中から二人の男性がワゴンを押して部屋から出てきた。透は「お邪魔します」と一言呟き、彼らに近づいた。

「あの、すみません……」

透が軽く頭を下げて声をかけると、ひとりの男が振り返った。しかし透を見た途端、表情を強張らせ、顔を背けてしまう。もうひとりの男性も透をちらりと見ただけで、視線を合わせようとしない。

（なんだろう、この空気……もしかして不審者だと思われているのかな？　菜々美さんから言われたように、結城邸でこの格好はやっぱり場違いだったのかも……）

先ほどの山崎という運転手の無遠慮な視線も、透の服装を非難していたのかもしれない。

透は自分の考えの甘さを思い知らされた気がしたが、これが今の自分にできる精一杯だと言いきかせた。気を取り直してくるぶしまで埋まりそうな豪華な絨毯を踏んで、先ほどの男を追いかけ、背後から声をかける。

「す、すみません、怪しいものではありません。こちらでお世話になることになって……徳川さんにお会いするには、どちらに行けば……」

和臣から聞いている名前を出すと、男は無言のまま廊下の奥を指差した。そこにはいくつか扉があり、中央に大きな螺旋《らせん》階段が見える。あの階段を上がれという意味だろうか。訊こうとして振り返るが、もう男性はいなかった。透は仕方なくデイパックを肩にかけ、とぼとぼと廊下を歩いて行く。真紅の絨毯が敷き詰められた長い廊下の壁には、美しいレリーフが飾られているが、今の透の沈んだ気持ちを癒すほどの効果はなかった。

「お前、誰だ？」

顔を上げると、螺旋階段の途中に長身の男が立ち、鋭い眼差しで透を見下ろしている。

「きょ、今日からこちらでお世話になる、折原透と申します」

見るからに高級そうなスーツを着て剣呑《けんのん》な空気を纏っている男は、手すりに寄り掛かり、緊張している透の全身を無遠慮に見つめた。

「ほう、お前が和臣の連れてきた、陽太の世話係か――」

突き刺さるような視線にたじろぐと、男は口元を歪《ゆが》め、くっ、くっと喉の奥で笑いを噛みしめた。

「スーツのひとつも着てこられないようなヤツを採用するなんてな。和臣のヤツ、何を考えているんだ。とうとうおかしくなったか。ははは っ」

男は今度こそ声を上げて笑い出した。

身なりについては男の言うとおりだが、せっかく自分を信頼してくれた和臣に申し訳ない気持ちが募り、透は気持ちを奮い立たせるように、ぐっと奥歯を噛みしめる。

「ぼ、僕の外見のことは、僕自身に責任があります。思い至らず、すみません」

深々と頭を下げると、男は笑うのをやめ、片方の眉を皮肉げに持ち上げた。

「まったく、こんなどこの馬の骨ともわからない者を結城邸に入れるなんて、和臣の考えることはさっぱりわからん。お前、誰に向かって口をきいているのかわかっているのか？」

男の低い声音に、透は気まずく目を伏せる。

「教えてやる。俺は結城隆文《たかふみ》――この結城家の長男で、和臣の兄だ」

「え、和臣さんのお兄さん……？」

改めて男を見上げると、全体的な雰囲気や美しく整った顔つきは、確かに和臣と似ていた。

「会議がキャンセルになって戻ってきたらこれだ。おかしなのがうろついているから驚いた」

言い方は不遜だが、他の結城邸の者と違い、彼は透と口をきいてくれる。

「あ、あの、徳川さんにお会いしたいんですが、どちらに行けば……」

「徳川なら一階のリビングにいる。それより、お前に忠告しておいてやる」

ニヤリと笑って隆文がこちらへ近づいてきた。階段を降りた隆文が透の前に立ち、耳元に唇を近づける。

「――和臣を信用しない方がいい。あいつは優しそうに見えて、悪知恵が働く。お前のようなタイプはすぐに騙《だま》されるだろう」

（騙す……？　和臣さんが僕を？）

この人は何を言っているんだろう。

隆文の言葉をすぐには理解できず、一歩後ずさって目の前の不敵な笑みをぼんやりと見つめた。

「そ、そんなことはないです。和臣さんはそんなことをする人じゃ……」

「落ち着いてちゃんと聞け。俺は親切で言っている。俺自身、あいつには痛い目に遭わされた。可愛《かわい》がってやったのに……あいつは周囲を犠牲にしてもまったく心が痛まない。そういう人間だ」

「………」

言葉を失う透に、隆文が片側の口角を持ち上げ、皮肉っぽい笑みを浮かべた。

「まあいい。ここにお前の味方はいない。敵ばかりだ。和臣だってお前の敵だ。せいぜい騙されないように気をつけろ。あいつは食えない男だからな。それと、もうひとつ言っておく。母上には近づくな」

「え？　は、母上って……？」

目を瞬かせる透から視線を逸《そ》らし、隆文が咳払《せきばら》いをした。

「結城美也子《みやこ》だ。一応、忠告したからな。家令の徳川を呼んできてやる。お前はここで待っていろ」

言い捨てるなり隆文は透の横をすり抜け、一階の廊下を足早に歩いて行ってしまった。

——和臣を信用しない方がいい。ここは敵ばかり。結城美也子には近づくな。

与えられた情報の多さに困惑し、透はその場に立ち尽くした。それでも和臣が人を騙すような人でないことは透自身、よく知っている。それなのに彼を悪く言うのは、何かわけがあるのだろうか。

隆文が消えた廊下の方に視線を移すと、縦縞《たてじま》の黒いスーツ姿の初老の男性がこちらへ近づいてきた。透の前までできた彼は、体を二つに折って礼をする。

「折原さんでいらっしゃいますね。お待ちしておりました。私は家令の徳川と申します」

白髪交じりの髪をきちんと後ろに撫でつけた初老の彼も、隆文と同じように、透を無視したり嫌な顔をしたりしない。透はその言動に救われた気持ちになり、ホッとため息をこぼした。

「折原透です。よろしくお願いします」

「運転手の山崎に、正面玄関からお連れするようにと伝えていたのですが、手違いがあったようで申し訳ありません。どうぞこちらへ。何かお飲み物をお持ちしましょう」

控室らしき部屋に通され、促された椅子に座る。年かさの女性がコーヒーを持ってきてテーブルに置いたが、やはり彼女も透と目を合わせようとしない。屋敷内の人々の反応といい、山崎の対応といい、本格的に自分が歓迎されていないのだと確信した。

こんな環境で果たしてうまくやっていけるのだろうか。

意気消沈し肩を落としたが、椅子に座らずに立ったままの徳川に気づき、あわてて声をかける。

「あ、すみません。僕だけ座ってしまって……」

自分よりもずっと年上の相手が立っていることで急いで腰を上げたが、徳川は目尻に深い皺《しわ》を寄せて左右に首を振った。

「わたくしは使用人ですので、このままで……折原さんは気遣いのできるお方ですね。和臣様が選ばれただけのことはございます」

小さく微笑んだ後、徳川はふいに声を低くした。

「――この結城邸について少しだけ説明させていただきます。一階は食堂やリビング、遊戯室、図書室などがございます。和臣様と陽太様のお部屋は三階で、折原さんのお部屋も同階になります。しかし……二階は美也子様と隆文様の居住スペースでございますので、くれぐれも立ち入らぬようにお願いいたします」

立ち入ってはいけないと言われて、透は首を傾げた。身内以外、足を踏み入れてはいけない場所なのだろうか。

「それは……どうしてですか？」

「美也子様のご命令でございます。現在、美也子様は海外旅行中でございますが、それでも二階へは絶対に出入りしてはならない旨を言付かっております」

「……美也子様って、隆文さんと和臣さんのお母さん……？」

先ほど隆文に教えられた名前を口にしたが、徳川は曖昧《あいまい》に首を傾げるだけで、肯定も否定もしない。

「和臣様が結城グループのＣＥＯだといっても、この結城邸で一番の発言力をお持ちなのは美也子様でございますので……」

仕事が多忙な和臣より、ずっと屋敷にいる美也子の方が、屋敷内の使用人に強い影響力を持っている、と徳川が補足した。

「わかりました。二階へは行かないよう、気をつけます」

一般の家庭ではあまり耳にしない状況に戸惑いながらも答えると、徳川が安堵の笑みを浮かべて、緊張を解くようにじわりと目を細めた。

「――わたくしは和臣様のことを、小さな頃から存じ上げております。大変優秀で、会社経営の手腕に優れていらっしゃいますが、同時に人一倍優しく責任感の強い方でございます。和臣様は折原さんを大変信頼し、期待しているとわたくしにおっしゃいました。こうして折原さんとお会いできて、本当にうれしく思います」

（そうだ……僕は和臣さんに信用されて、結城邸に呼んでもらったんだ）

その事実を改めて思い出し、透は使用人の対応に沈みかけていた気持ちを持ち直した。

「……至らぬ点も多いかもしれませんが、和臣さんのためにも陽太くんのためにも、精一杯頑張ろうと思っています」

　言葉にした途端、ここに来てからの不安や気鬱が、すーっと溶けるように小さくなり、和臣の役に立ちたい、期待に応えたいという思いが改めて胸中に込み上げてきた。

「徳川さん、あの、ご相談したいことがあるのですが、よろしいでしょうか」

「もちろん、なんでもおっしゃってください」

「僕、使用人の方から不審に思われているようなんです。僕の服装がまずかったんでしょうか……」

　非常識な自分の姿が恥ずかしくなり縮こまると、徳川はやわらかい声音で「大丈夫ですよ」と言ってくれた。

「服は確かに着古した感じですが、きちんと清潔な状態ですし、ただ、人前に出るなら髪はどうにかした方がいいですね」

　言われてハッとした。美容院で整える余裕がなかったとはいえ、相手の目を見て話せないこの状態が最善であるわけがない。接客の仕事では基本中の基本だったのに思い至らなかったなんて……。自分の意識の低さに呆れてしまう。

「それから、結城邸の使用人は制服がございます。男性は白色のシャツに黒色のベストとスラックス、女性は黒色のワンピースに白いエプロンです。ですが、折原さんは陽太様のお世話係ですので私服での勤務になります」

「……はい……」

　自分も制服があればいいのに、と思っていると、徳川がふいにポンと手を打った。

「……おお、そうでした。折原さんのお部屋にご案内しましょう」

そばに仕えていた年かさの男性に「三階のゲストルームへ行く」と告げ、徳川が透を促した。控室を出て二人でエレベーターに乗り三階まで上る。扉が開くと複雑な模様が描かれた毛足の長い絨毯が敷かれた長い廊下が見え、その両側にある扉に繊細な模様が彫られているのを見て、透は感動した。

「すごい……それに部屋の数がとても多いですね」

「ゲストルームとして使用しておりますが、ほとんどが空き部屋でございます。……ここが、折原さんのお部屋です。どうぞお入りください」

徳川は鍵を開け、透を中へ入れた。室内は白壁の洋間で、十分な広さがあり、天井も高い。大きな出窓があり、天蓋付きのベッドがある。ライティングデスクの上にはパソコンがあり、隣に小さなソファセットが置かれている。壁面に作り付けられた棚には大型テレビ、部屋の一角に簡易キッチンが備え付けられ、内ドアを開けると、ゆったり足が伸ばせる大きさのバスタブと、シャワー機能付きのトイレもある。

「わ……すごい豪華……」

「必要なものがあれば、遠慮なくおっしゃってください。それから、重忠様が……」

言いかけて、徳川が逡巡《しゅんじゅん》するように視線を外し、口を閉じる。

「重忠さんって、和臣さんの父親で、前CEOの結城重忠氏ですか？」

確認するように問うと、徳川が目を丸くした。

「重忠様のお名前をご存じでしたか？」

「はい、あの……『ビジネスファイン』という雑誌で、読みましたので……」

透は滋野が貸してくれた雑誌を何度も読み返して、記事の内容を覚えてしまっていた。

それなら話が早い、というように頷いた徳川が、静かな口調で説明する。

「重忠様への定期連絡で、陽太様のお世話をされる方を結城邸で採用すると報告したところ、ぜひ会いたいとメールがきたのでございます。今すぐというわけではありませんが、折原さんには心づもりをお願いします」

可愛い息子の世話係がどのような人物なのか、父親として気になるのだろう。透は頷いた。

その時、ドアをノックする音が聞こえた。「どうぞ」と徳川が答えるとガチャリと扉が開き、小さな頭がひょっこりと室内をのぞき込んだ。

「あ、いた。宮地《みやじ》に聞いたらゲストルームにいるって……ねえ徳川、おやつを部屋に運んでー」

「かしこまりました」

「それから、自由帳の新しいのを――」

小柄な少年が、話しかけながら室内に入ってくる。

（あ、この子が陽太くん？）

八歳と聞いていたが、色が白くて小柄な彼は幼い印象があり、六歳前後に見える。陽太は徳川の後ろに立っている透に気づくと、ビクッと小さな肩を揺らした。

「……だあれ？」

「こちらは、陽太様のお世話をされることになった折原さんです」

一歩進み出た徳川がかしこまった声で透を紹介すると、陽太は目を丸くした。

「和臣兄さまが言ってた人？　この人が？」

「折原透です。陽太くん、どうぞよろしくね」

「…………」

透はぺこりとお辞儀をして、にっこり笑ったが、陽太は黙ったまま訝《いぶか》しそうに透を見つめ、入口のところから動こうとしない。透は一歩、陽太の方へ足を踏み出した。

「陽太くん、一緒に遊んだり話したりしようね。どんな遊びが好きなのかな？」

「……変な髪」

それだけ言うと、陽太はぱっと踵を返した。扉を閉める前に振り返り、ベーっと舌を出す。透が驚いている間に、陽太はくるりと身を翻して脱兎《だっと》のごとく逃げ出し、パタンと乾いた音がしてドアが閉まった。

「……陽太くん、僕のことを気に入らなかったみたいです」

しゅんと肩を落とした透に、徳川が穏やかな口調で言ってくれた。

「落ち込むことはございません。陽太様は嫌いなことには無関心です。わざとああいう態度を取ったのは、折原さんのことが気になっているのでしょう」

「そうでしょうか」

拒絶されている感じはなかったが、だからといってなついてくれるようにも思えなかった。

「僕、陽太くんが早く打ち解けてくれるように、頑張ります」

そう宣言した直後、おなかが鳴った。和臣が持ってきてくれた弁当を朝食に食べた後、何も口にしていなかったことを思い出す。部屋の時計を見ると三時過ぎで、夕食にはまだ早いが、とうに昼を過ぎた時間帯だった。

「スタッフ用の食堂がありますので、ご案内いたします。どうぞ」

徳川に優しく促され、再びエレベーターに乗ると一階の突き当たりにある食堂へ通された。

「屋敷のスタッフはここを自由に利用できます。折原さんもどうぞご利用ください」

食堂の隣が厨房になっており、徳川が中のコックに「陽太様のおやつを」と声をかけている。

時間帯がずれているためか、食堂には透と徳川以外の人はおらず、作られたばかりの料理が大皿でカウンターに並べられていた。和洋中と多種類の料理が並んだカウンターを見つめ、透は目を輝かせる。

「わぁ、美味しそうですね」

徳川がにっこり笑って頷いた。

「どうぞ、お好きなものをお召し上がりください。今日は初日ですし、陽太様は病院へ行く日ですので、食後もご自由にお過ごしくださいませ」

「陽太くん、病院って……？」

何かあったのかと不安になって尋ねると、徳川が目元の皺を深めながら首を横に振った。

「ご心配には及びません。定期的に大学の付属病院で検査を受けていらっしゃるのです」

「そうですか……」

ふと、陽太がひとりで食事をしていると和臣から聞いたことを思い出した。

「あの……陽太くんはどこで食事を摂ってるんですか？」

「結城家の方々は、それぞれ自室で食事を召し上がることになっております。コックが料理し、使用人がお部屋まで運び、セッティングしています」

透の両親も食堂経営で忙しかったが、朝食は必ず家族四人で摂っていた。それが当たり前だと思っていただけに、広大な屋敷の中でぽつんとたったひとりで食事をしている陽太を思うと、かわいそうだという気持ちが込み上げてくる。

「来たばかりで差し出がましいのですが、まだ小さい陽太くんがひとりで食事をするのは、寂しいのではないかと思います……。僕、夕食だけでも陽太くんと一緒に食べたいのですが、大丈夫ですか？あ、すみません！　美也子さんに訊いた方がいいですか？」

徳川は無言で透の顔を見つめてから、穏やかな口調で答えた。

「陽太様に関することは、わたくしが美也子様よりすべて託されております。折原さんは陽太様のお世話係ですので、もちろんご一緒に食事なさっても大丈夫でございます」

「よかった。今夜からさっそく、お願いできますか」

「それでは陽太様のお部屋に折原さんの分の夕食も一緒にお持ちするように手配いたします。わたくしは先ほどの控室か家令室におりますので、何かありましたらお声をかけてください」

「ありがとうございます」

一安心して徳川に頭を下げた。彼が食堂を出て行くのを見届けて食事を始める。トレイに皿を載せ、豚肉の味噌炒《みそいた》めと焼き野菜のマリネ、オクラのサラダなど、栄養がありそうな料理を皿に取ってテーブルに着く。

「すごく美味しい」

夢中で頬張りながらも、やはりひとりは味気ない気がして、おかわりをせずにトレイを下げた。徳川に自室へ戻ると伝え、螺旋階段で三階まで上がり、自室のソファに座って小さく息を吐く。

（……陽太くんと仲よくなれるかな……）

大きな窓から、結城邸の広い庭園が見える。噴水が深秋の陽射しを受けて煌めいているのを見ているうちに、ソファでうとうとと微睡《まどろ》みかけた。

「…………透」

どれくらいの時間が経ったのだろう。

いつの間にか熟睡していた透は、名を呼ばれたような気がして目を覚ました。

「……あ、僕、寝ちゃったのか……」

窓の外から差し込む黄金色の夕陽が室内をオレンジ色に染めるのをぼんやり見つめていると、再度、背後から声がかけられた。

「透、ようこそ結城邸へ」

その声の主に思い至って勢いよく立ち上がり、振り返る。仕事が早く終わったのか、ダークスーツに濃紺のネクタイを締めた和臣がドアに背を預けて立っていた。

「か、和臣さん……っ」

そばに駆け寄ると、和臣はいつもの微笑みを浮かべ、透の肩にそっと手を置いた。

「少し目が充血している。今日は疲れただろう？　陽太への紹介は君がここに慣れてからと思っていたが、さっそく会ったそうだな」

徳川から聞いた、と付け足す和臣に、透は苦笑気味に小さく頷いた。

「はい。でも、べーってされて……そうだ、今日、陽太くん、病院で検査をするって」

「検査結果も徳川から聞いている。大丈夫だ。クレアチニンの数値は安定していた」

「よかった……。あと、徳川さんにも相談したんですが、陽太くんと一緒に夕食を食べたくて」

「それも聞いた。陽太のことを考えてくれてありがとう」

和臣が端整な顔を綻ばせて、ポンポンと透の肩を励ますようにたたいた。

刹那、和臣の胸ポケットから着信音が響き、彼は「すまない」と断りを入れてスマホと手帳を取り出した。片手でスマホを耳に当て、手帳を開いて通話しながらメモを取る。仕事の電話らしく、専門的な単語が真剣な表情の彼の口から出ている。通話が終わると和臣は小さく息を吐いた。

「……これから会社に戻る。君はゆっくりしてくれ」

「お仕事、忙しいんですか？」

「そうだな。いろいろと決めなければならないことが多い。仕方のないことだ」

苦笑したのもつかの間、和臣が射抜くような真剣な眼差しを透に向けた。

「君に頼みがある」

真摯な和臣の口調に、透は緊張しながら「はい」と背筋を伸ばす。

「実は明日、結城グループの親睦を兼ねたパーティがある」

「パーティ……ですか？」

テレビで見たことがある、華やかな雰囲気の会場や着飾った人々を思い出しながら、それがなんなのだろうかと小首を傾げる。

「結城産業、結城商事、結城工業、結城電気、ユーキテクノロジー、ユーキカフェ……グループ内の親睦を深める目的で開かれるパーティだ。透は結城邸に来たばかりだから、落ち着いてからと思い、今回は声をかけないつもりでいたんだが……その時に、父が陽太の新しい世話係を紹介してほしいと言っている」

透は虚を衝《つ》かれたように瞠目し、強く首を横に振る。

「ぼ、僕もそのパーティに？　で、でも、僕はパーティなんて今まで行ったことがないです。着て行くような服も持っていませんし……それにっ」

「透、落ち着いてくれ」

二の腕を摑まれ、過度に動揺している自分に気づき、続く言葉を吞み込んだ。それでも、パーティなんて無理だ。こんな身なりでなんの知識もない以上、自分だけでなく和臣にまで恥をかかせてしまう。

（ど、どうしよう……）

憂慮している透の頭上から、ゆっくりとした口調で説明する和臣の声が落ちてきた。

「……私が透を陽太の世話係に推薦した。だから今回のパーティは仕事上のパートナーとして君に参加してもらいたい。仕事の一環なので、着て行くスーツなどは私が準備する。それと、パーティには君が働いていたユーキカフェの店長も来る」

「え……滋野店長も？」

「そうだ。堅苦しく考えないでほしい」

滋野に会えるのはとてもうれしかった。それに徳川から重忠が透に会いたいと言っていると聞かされていたし、陽太の世話係として、きちんと挨拶をしておいた方がいいとも思っていた。

しかし世界的企業である結城グループのパーティということで気後れする気持ちが拭いきれずにいると、腕を摑んでいる和臣の手に力が込められた。

「透、ぜひ君にパーティに参加してほしい」

和臣の切実な願いに、こくりと喉を鳴らす。

（和臣さんから頼まれたら、嫌だなんて言えない……）

真っ直ぐに見つめてくる眼差しを受け止め、透は小さく頷いた。

「わかりました。失礼のないように頑張ります」

途端、和臣の端整な顔に笑みが広がり、その眩しいまでの笑顔を目を細めて見つめ返した。

「パーティは明日の夕方、横浜《よこはま》市内のホテルで行われる。準備があるから午後は空けておいてくれ」

「準備って……？」

「パーティへ行く準備だ。私に任せてほしい」

透がおずおずと頷くと、和臣のスマホが再び鳴った。

「それじゃあ、私は出かける。透、また後で」

和臣の手が透の髪に触れ、梳《す》くように優しく動いてすぐに離れた。

「はい……あの……和臣さん、お仕事、あまり無理しないでくださいね」

笑顔で片手を挙げた和臣が、スマホを手に急ぐように部屋を出て行った。彼の後ろ姿を見送った後、透は鏡に映った自分の姿にびくっと肩を揺らす。

「……僕、こんな髪で」

やわらかそうな茶色の髪とダークスーツを着た凜々しい和臣に対し、自分は持っている中で一番の服とはいえ、着古した地味なものにうたた寝で乱れた髪のままだ。

あまりの情けなさに項垂《うなだ》れていると、ドアの向こうから徳川に声をかけられた。

「折原さん、夕食の時間でございます。陽太様のお部屋へ折原さんの分もお持ちしました」

「あ、ありがとうございます。すぐに行きます」

急いで髪を梳《と》かして、陽太の部屋の前で息を整え、扉をノックする。

「失礼します」

八歳の子供の部屋とは思えない広さの室内には、重厚な作りのベッドや学習机、本棚などがあり、陽太は真っ白なクロスがかかった広いテーブルにちょこんと座り、その傍らに徳川が立っていた。

夕食はロールキャベツと湯気が出ている熱々のビーフシチュー、カリフラワーのマリネとサラダのようで、テーブルの上には同じメニューの皿が二人分用意されている。透は陽太の向かいに座った。

「それでは、一時間後に食器を下げにまいります。どうぞごゆっくりお召し上がりください」

一礼して徳川が部屋を出て行くと、室内はシンと静まり返った。

「あの……陽太くんと一緒に夕食を食べたくて徳川さんにお願いしたんだ。急にごめんね」

陽太はちらっとこちらを見ると、返事をしないまま、フォークを手に取り食べ始めようとする。

「あ、待って。いただきますって言わないと」

透が両手を合わせて「いただきます」と元気よく口にすると、陽太が渋々という感じでフォークを置いて手をぱんっと合わせた。

「……いただきまーす」

不機嫌な顔をしながらもきちんと挨拶する陽太が可愛くて、くすくす笑いながら応える。

「はい、どうぞ」

「は？　なにそれ」

怪訝《けげん》な声で顔をしかめる陽太に、透の方が「えっ」と目を瞬かせた。

「どうぞ召し上がれって意味だよ。僕がこのごちそうを作ったわけじゃないけど……」

「ふーん」

深く考えたことはなかったけれど、小さな頃から家族の間で交わされたやりとりだ。食材となった動植物、食べ物を提供してくれた相手、それらを調理してくれた者への感謝を込めて「いただきます」と口にすることを、透は幼い頃両親に教えられた。それに対し両親が「どうぞ」と食事を促してくれるのが当たり前だと思っていたが、今の反応を見ると、改めて陽太がひとりで食事をしてきたのだと知り、胸が痛む。

食事はただ空腹を満たすだけでなく、家族なり友人なりとの交流の場にもなる。その日あったことや近状報告など、陽太はいつ誰に話して聞かせているのだろう。

陽太はロールキャベツを頬張りながら、透の顔を見ずに小さな声で尋ねてきた。

「ねえ、こういうのも世話係の仕事なの？」

「ううん。ただ僕が陽太くんと話したいと思って、徳川さんにお願いしたんだ」

「ふーん。折原さんっていったっけ？ 見た目も変だけど、性格も変わってるんだ」

可愛い顔で辛辣なことを言い、そっと透を見ながら、陽太はぱくぱくと食事を続ける。

陽太が黙ると広い部屋は静かで、透は陽太くらいの時の自分の家族を思い出した。小学校であったことを聞いてほしくて話に夢中になり、食べてから話すようにとよく注意された。あの賑やかだった空気を思い出し、陽太に問いかける。

「今日、学校でどんなことがあったの？」

尋ねると陽太は顔を上げて透を見つめ、眉をひそめた。

「……別に」

「僕が小学生の頃は、冬になるとマラソン大会があって、苦手だった。陽太くんの学校もある？」

呟くような透の声に、陽太がぽつりと言葉を返した。

「……あるよ、マラソン大会。同じクラスの山根《やまね》くんも、走るのは嫌いって言ってた」

陽太の口からクラスメイトの名前が出てきたことに、少し驚いた。友達がいないと聞いて心配していたが、ほっと胸をなで下ろす。

「そっか、山根くんって友達がいるんだね。休憩時間はどんなことをして過ごしているの？」

ビーフシチューを口に運びながら、陽太は面倒そうに小さな声で「迷路」と答える。

「え、迷路って？」

「自分たちでノートに迷路を作るのが流行《はや》ってるんだ」

「へえ、すごいね！」

感心して目を輝かせる透を見て、思わず笑顔になった陽太が、あわてたようにツンとそっぽを向く。

食事を終えると二人で「ごちそうさま」と挨拶し、陽太はソファに座った。手慣れた仕草でテレビのリモコンを操作し、好きなアニメを見始める。

「隣に座ってもいい？」

透が訊くと、陽太はテレビの画面から胡乱《うろん》げに視線を上げた。

「好きにすれば？　でも、邪魔しないでよ」

頷いて陽太の隣へ座り、黙ってテレビを見ていると、徳川が使用人と一緒に部屋に入ってきた。食器を見た徳川が驚いた表情になる。

「……いつも夕食は半分以上残される陽太様が、完食なさるなんて」

呟いた徳川が、ふっと透に感謝の目を向けた。

話が弾んだり盛り上がったりしたわけではないけれど、誰かと一緒に食事を摂ることで、相手のペースに合わせていつも以上に箸《はし》が進んだのかもしれない。

「陽太くん、明日は用があるから無理だけど、これからもできるだけ陽太くんと一緒に夕食を摂りたいと思っている。いいかな？」

「嫌だよー」

いーっと顔をしかめるが、ぷいっと顔を背ける陽太の耳が赤くなっていることに気づき、透の胸が充足感に満たされる。

「僕、陽太くんと食べたい」

浮き立つ思いではっきり言うと、陽太が渋々ながら頷いた。

「……好きにすれば？」

「ありがとう。じゃあ陽太くん、お休み」

そっぽを向いたままの陽太に手を振って部屋を出た時、背後から「お休みなさい」と小さな声が聞こえた気がした。もしかしたら空耳かもしれないが、こうやって少しずつ陽太との距離を縮めていけたらいい。

そんな期待を胸に、自室へ戻ってバスルームに湯を入れる。

「すごいお風呂だ」

楕円《だえん》形の大きなバスタブはジャグジーがついていて、ボディソープやシャンプー、トリートメントなどがずらりと並んでいる。新品のボディブラシを棚から取り、透は風呂に入った。よい香りがするボディソープで体を、高級そうなシャンプーで髪を洗う。熱い湯に肩まで浸《つ》かると気持ちよくて、目を閉じてゆっくりと肩を揉んだ。あたたまるとバスタオルで体を拭いて、デイパックの中から古びたパジャマを取り出し、それを着る。

（……お休みなさい）

透はベッドに横になり、ふかふかとしたぬくもりに包まれて眠った。


翌朝、窓からやわらかく明るい光が差す前に、目を覚ました。視界に飛び込んできた高く白い天井を見て、ゆっくりと両目を瞬く。

「ここは……結城邸……？」

新たな環境で緊張しているせいか、セットしておいた目覚ましより早く目が覚めてしまった。

（そうだ、今日は夕方から結城グループのパーティがあるんだ）

パーティのことを考えると緊張から気持ちが沈みそうになるが、陽太が登校する前に少しでも顔を合わせておこうと思い、急いで顔を洗って持ってきたトレーナーとズボンに着替えた。一階に降りると、廊下で荷物を手にした徳川とすれ違った。

「おはようございます、徳川さん」

透が頭を下げると、白髪交じりの髪を後ろに撫でつけ、今朝はチャコールグレーのスーツに身を包んだ徳川が、にっこり笑って透にお辞儀を返した。

「おはようございます、折原さん。よく眠れましたか？」

「はい、横になった後の記憶がないくらい、ぐっすり寝ました。あの、陽太くんは？」

「自室で朝食を摂ってらっしゃいます。ちょうどよかった。こちらをお部屋までお持ちしようと思っておりました」

差し出されたのはそれほど重くない段ボールの箱で、透は首を捻《ひね》る。

「これは……？」

「和臣様が中学生の頃に着ていた服でございます。たぶん折原さんにぴったりかと」

「え、和臣さんの？　いいんですか？　……あ、ありがとうございます！」

透が着られそうな服を見繕ってくれたことがうれしくて、段ボール箱を持ったまま勢いよく腰を折った。

「実は、和臣様のご提案なのです。折原さんは使用人と違って私服でのご勤務になるので、少しでも服が多い方がいいだろうと」

（和臣さんが……）

透は徳川に再度礼を言い、エレベーターで三階まで上がって自室でさっそく段ボール箱を開けた。中にはポロシャツやアーガイル柄のニット、テーラードジャケットなどの上着や、チノパンやチェックのパンツなど、高級そうな私服がたくさん入っている。

「すごい、どれも新品みたいにきれいだ」

さっそく、長袖シャツとチノパンに着替えると、ちょうどいい大きさで、上質の素材の服は透の体にすぐに馴染《なじ》んだ。

和臣に礼を言いたいと思った直後、おなかが鳴った。朝食を摂りに、スタッフ用の食堂に向かう。

昨日利用した時には誰もいなかったが、今朝は食堂の中に六人くらい制服姿の使用人がいて、横目でちらちらと見つめてくる。透がカウンターの料理を皿に取り、空いているテーブルの端に座った途端、近くにいた使用人がすっと席を立った。透を避けるようにゆっくりとテーブルを離れて行く。他の使用人も後に続いた。

徳川が用意してくれた服を着ているから、昨日よりまともに見えるはずだが、彼らはまだ透を受け入れてくれない。

その対応にいたたまれない気持ちになりながらも、皿に取った料理を勢いよく口に運ぶ。透が結城邸に来たのは陽太の世話係としてだ。周りの使用人たちと良好な関係が築ければそれに越したことはないが、彼らと仲よくするためだけにここにいるわけではない。

透は気持ちを前向きに切り替え、食べ終えた皿を返却して食堂を出た。

「落ち込まない。元気を出さないと」

誰もいない廊下でぽつりと呟き、両手で頬をパチパチたたいて活を入れる。リビングに入ると、スーツを着た和臣がソファに腰かけ、傍らに立った徳川が彼にコーヒーを渡していた。

「透、おはよう」

「おはようございます、和臣さん」

和臣の穏やかな表情に、食堂で沈んだ気持ちがふわりと浮上する。

「折原さん、和臣様が中学生の時の服が、ぴったりでございますね」

徳川の声に透は笑顔になった。

「ありがとうございます。どれもすごくきれいな状態で、しかもたくさんあるので、本当に助かります」

透が和臣と徳川にぺこりと頭を下げると、和臣はコーヒーカップをテーブルに置き、目元を綻ばせた。

「無駄にならなくてよかった。私も君が着てくれるとうれしい」

あたたかい言葉に頰がゆるんだ直後、コツコツと足音を響かせ、和臣の秘書とおぼしき男性がリビングに入ってきた。

「失礼いたします。和臣様、お車の準備が整いました。車内で結城工業の役員会議用資料と原価計算表の確認をお願いいたします」

「わかった。それじゃあ、行ってくる」

すっと立ち上がった和臣の後に鞄《かばん》を持った秘書が続き、リビングを出て行く。その後に透と徳川が続き、玄関アプローチで見送った。

「――都内の結城工業の本社へ出勤する。パーティがあるから、午後には戻る」

和臣が車に乗り込む前に告げると、徳川は心得たように深々とお辞儀をする。

「かしこまりました。行ってらっしゃいませ」

「和臣さん、お気をつけて」

手を振る透に、和臣は小さく笑いながら片手を挙げて応えた。

「和臣さんはいつもこんなに朝早くから仕事へ行っているんですか？」

「ええ、お忙しい方なので……都内にお住まいなら、もう少しゆっくりできるのでしょうが……」

そんな話をしながら、透と徳川がリビングへ戻ると、今度はパタパタと可愛い足音が聞こえてきた。高価そうな白いカーディガンにチェックのズボンという服装の陽太が、ランドセルを抱えてリビングへ入り、ちょこんとソファに座る。

「陽太くん、おはよう」

透が近づいて声をかけると、陽太は小さな声で「おはよう」と言った。

挨拶を返されて満面の笑みを浮かべると、陽太はほんのり赤く染まった頬で「ふん」と唇を突き出して横を向く。

「陽太様、朝の検温をお願いいたします」

陽太は徳川が差し出した体温計を受け取り、それを脇に挟んでテレビをつける。アニメ番組に夢中になりながらも、電子音が鳴ると体温計を徳川に手渡した。徳川は頷いて体温計を片付けている。

「あの、陽太くん今朝は熱が……？」

テレビを見ている陽太の小さな背中を見ながら小声で尋ねると、徳川が目尻に皺を寄せた。

「大丈夫です。平熱でした。陽太様は毎朝検温していますので特別なことではありません」

陽太は小柄だし体が弱いと聞いてはいるが、毎朝検温していると聞いて、透は不安な気持ちになる。

「陽太くん、朝ごはんはちゃんと食べているんですか？」

パンしか食べていなかった透が自分の反省も込めて尋ねると、徳川は安心させるように、口元をゆるめて頷いた。

「陽太様は夕食よりも朝食の方をよく食べられます。ご安心ください」

「そうですか」

陽太が見ていたアニメ番組が終わったタイミングで、徳川が通学帽を手渡した。

「そろそろお時間でございます」

「はーい」

陽太はソファからぴょんと降り、ランドセルを背負う。透と目が合うと、照れたような表情でそっぽを向いて玄関へ向かった。

「……行ってきます」

「行ってらっしゃいませ」

「行ってらっしゃい！　陽太くん」

大きく手を振る透を振り返り、陽太がぎこちない仕草で手を振り返した。

玄関アプローチまで迎えに来た運転手の山崎が、高級車の後部座席のドアを開けて陽太を乗せ、車が出発する。透は徳川と一緒に玄関ホールで車を見送った。

「陽太様は折原さんのことが気に入ったようでございます」

独り言のような徳川の呟きが聞こえ、振り返る。

「そうだとうれしいです……。あっ、徳川さん、何かお手伝いできることはありませんか」

透が申し出ると、家令室へ戻ろうとした徳川が振り返り、にっこりと笑った。

「わたくしはパソコンが苦手なので、事務仕事を手伝ってくれると助かります。今日のパーティの参加者名簿をリストと照合して印刷してもらえますか？」

「わかりました」

控室の窓際の机にノートパソコンとプリンターを置いてもらい作業していると、あっという間に時間が過ぎて昼になった。徳川が声をかけてくれる。

「折原さん、午後からお出かけになるのでしたら、そろそろ昼食を食べられた方が」

「あ、はい……」

朝のことがあって気持ちが沈みがちだが、透は気を取り直して食堂に入った。昼の時間なので朝よりもたくさんの人が食堂にいる。透が入ると騒ついていた食堂内がいきなりシンと静まり返り、逃げ出したい気持ちをどうにか抑え、料理を皿に少しだけ取る。

「し、失礼します」

やっとの思いで囁《ささや》き、朝と同じく隅のテーブルに座る。やはり周囲の数人が立ち上がり、食堂から出て行った。透はものすごい早さで食べ終わると、トレイを返却して食堂を出た。廊下を歩いて家令室の扉をノックし、徳川に昼食を終えたことを伝える。

「少し前に和臣様からこちらへ向かっていると連絡がありました。そろそろお着きになる頃かと思います」

「わかりました」

廊下を戻って正面玄関を開けると、ちょうど玄関アプローチに高級車が停まったところだった。白手袋をつけた運転手が恭しく後部座席のドアを開け、ダークスーツ姿の和臣が降りてくるのが見える。

「和臣さん、お帰りなさい」

和臣のそばに駆け寄ると、彼は「ただいま」と低い声で言い、心配そうに透の顔をのぞき込んだ。

「何かあったのか？」

ドキンと心臓が跳ね上がり、あわてて顔の前で手を振る。仕事で多忙な和臣に余計な心配をかけたくないし、自分の問題は自分で解決したかった。

「いいえ……パーティに出席すると思うと、緊張して」

それは本当の気持ちだった。和臣がふっと表情を和らげ、透の肩を優しくたたいた。

「透、さっそくだが出られるか？　パーティ用のスーツを選びに行きたい」

「はい、僕、徳川さんに伝えてきます」

透が家令室へ戻って和臣と出かけることを徳川に伝えている間に、和臣はスマホで電話をかけていた。

「馴染みの店に電話を入れた。それじゃあ、行こうか。私が運転する。透は助手席へ乗ってくれ」

「はい」

黒塗りの車の運転席に和臣が、助手席に透が座る。徳川がアプローチに立ち、「行ってらっしゃいませ」と頭を下げて見送ると、和臣がアクセルを踏み込み車が走り出した。

大通りに出ると車は流れるようにスピードを上げる。加速する時の振動が小さく、車に酔いやすい透も今日は大丈夫のようだ。

「和臣さんの運転、すごく丁寧で……上手ですね」

思わずそう言うと、和臣は「そうか？」と少年のような笑みを見せた。その無邪気さにトクンと心臓が大きく脈打ち、シートベルトをぎゅっと握りしめる。

「車の運転は好きなんだ。一時期、カーレーサーになりたいと思っていた」

「本当ですか？」

「ああ、父と徳川に反対されたが」

仕事相手と電話をする和臣を何度か目にしたが、その時の彼は真剣でどこか険しくもある表情だった。でも今は屈託なく子供の頃の夢を話し、楽しそうにハンドルを握っている。そんな彼の姿を見られるのは、もしかすると特別なことなのかもしれない。そう思うと鼓動が急速に高鳴るが、きっと和臣は異母弟の世話役として自分に優しくしてくれているだけで、特別なわけではない。

そもそも、なぜこんなことを考えてしまうんだろう……。

透は妙な息苦しさを覚え、窓の外へ視線を移した。

車は大通りを直進し、オフィス街にあるビルの前で静かに停まった。

「ここだ。透、ついておいで」

そこは透が初めて訪れるおしゃれな美容サロンだった。結城邸を出る前に和臣が連絡を入れておいたこともあり、店のスタッフが手を止めて入口に並び、一斉に頭を下げて出迎えてくれた。

クラシカルで落ち着いた雰囲気の店内は高級そうで、スタッフは全員、白シャツに黒いスラックスという制服を着用している。サロンのオーナーらしき四十代くらいの男性が、満面の笑みを浮かべて歩み寄ってきた。

「ようこそ、結城和臣様。お待ちしておりました」

男性が深々と頭を下げると、和臣は軽く頷き、後ろに立っている透へ視線を向けた。

「今日は彼の髪を切ってもらおうと思っている」

「……こちらのお客様でございますか……？」

目を丸くしているオーナーを見て、自分の見た目が異質であることを自覚している透は、頬を朱色に染めてじわじわと顔をうつむける。和臣がそんな透の背中にそっと手を置いた。

「透、ここは美容室と紳士服の両方をコーディネートする神奈川一の老舗《しにせ》で、彼がここのオーナーだ」

透はためらいがちに頭を下げた。

「よ、よろしくお願いします。折原透です」

「折原様、失礼いたします」

サロンのオーナーが手を伸ばして透の髪に触れた。ピクンと肩が揺れる。

「——お客様、髪を切ったのは結構前ですか？」

「あ……はい」

伸ばしっぱなしの髪が恥ずかしく、透は目を伏せて頷いた。オーナーは透の髪をじっと見つめ、指先で捏《こ》ねるようにしながら様子を見ている。

「もともとやわらかな髪質をなさっているようですね。失礼します」

両手で透の前髪を掻き分けた途端、オーナーが驚いたように動きを止めた。

「あの……？」

まじまじと見つめられたことに困惑すると、和臣がそばで小さく笑い、オーナーへ向き直る。

「――今夜開かれる結城グループのパーティに彼も参加する予定だ。本当ならオーダーメイドのスーツを頼みたいのだが、時間がないので既成服で構わない。彼にパーティ用のブラックスーツ一式を揃えてほしい」

オーナーは透の体を見つめ、思案するように顎《あご》に手を当てた。

「お体が細いのでシングル・ブレステッドがよろしいかと……」

「それで頼む。スクエアショルダーが合うだろう」

オーナーは「かしこまりました」と言って頭を下げ、他の店員に小声で指示を出す。

「……和臣様、どうぞ四階の別室でお待ちください。狭い部屋ではございますが、小型のノートパソコンやプリンター、ＦＡＸなどございます」

「それは助かる。確認しておきたい仕事があった。それから、透――」

落ち着かせようと思ったのか、和臣が囁いた。

「ここのオーナーは私も以前、世話になったことがある。安心して任せて大丈夫だ。私は四階で待っている」

「は、はい……」

和臣がエレベーターの方へ歩いて行く。ひとり残された透がおろおろしていると、オーナーが声をかけてきた。

「それではまずカットから……折原様、どうぞこちらへ。何かご希望などございますか？」

「いえっ、全部お任せします」

オーナーに促されて、若い男性スタッフに髪を洗われ、座り心地のよい豪華な椅子でカットクロスをかけられた。オーナーは怖いくらい真剣な眼差しで鋏《はさみ》を持ち、透の髪を勢いよくカットし始める。

さすが大きな店のオーナーだけあり、何か月も伸ばし続け、固形石鹸で洗ってゴワゴワだった髪を淀《よど》みない手つきで整えていく。パラパラと髪が周囲に落ちていくのを透はどこか現実離れした気持ちで見つめ、視界が開けていく不思議な感覚を味わった。その間にオーナーはドライヤーをかけ終わり、スタイリング剤で仕上げまでしてくれた。

「折原様、カットが終わりました。こんな感じでいかがでしょうか」

すだれのような髪をした客がどんなふうに変わるのか、注目の的だったのかもしれない。

近くで作業していたスタッフがちらりとこちらを見ている。向けられた目は一様に見開かれ、中には「えっ？」と驚きの声を上げる者もいた。

（これが、僕……？）

鏡の中の自分を見て、透は息を吞んだ。そこには別人のような自分の顔が映っている。顔の半分まで伸びていた長い前髪と、中途半端に重く垂れさがっていたサイドの髪が整えられ、スタイリッシュなヘアスタイルにカットされている。隠れていた顔が露《あら》わになり、細い眉とくっきりとした二重瞼《まぶた》に黒曜石のようなつぶらな瞳、すっきりと筋の通った細い鼻梁《びりょう》と形のよい薄紅色の唇が優しげな顔立ちに映えて、華やかな雰囲気で垢抜《あかぬ》けて見える。

（信じられない。僕じゃないみたいだ……）

啞然と鏡を見つめる透の隣で、オーナーが満足気にほぅっと深いため息を落とした。

「失礼ながら、見違えるようでございます。折原様はお顔が小さくて卵形をしているので、フェイスラインが一番きれいに出るようにカットさせていただきました」

「あ、ありがとうございます……」

「さあ、次は服を合わせましょう。当ビルの二階と三階は紳士服を置いています。どうぞ」

オーナーについて階段を上がると、二階には高級なスーツがずらりと並んでいた。すぐに大きな鏡が作り付けられたフィッティングルームに連れて行かれる。

「こちらのお客様の採寸を」

オーナーが命じると、女性スタッフが透の体を採寸し、このフロアの責任者とおぼしき男性店員がブラックスーツを数点持ってきた。オーナーと男性店員はその中から一点を選び、透の前に差し出す。

「どうぞ、ご試着をお願いいたします」

上等な手触りのブラックスーツを手にして、透は戸惑った。

（こ、こんな高級店のスーツって、いくらくらいするんだろう……見当もつかない……）

不安そうにオーナーを見ると、彼は笑顔で別の小物類を差し出した。

「折原様、こちらもどうぞ。白シャツとネクタイになります」

「は、はい……」

広いフィッティングルームの扉を閉めた透は、中で思わずため息をつき、着ていた服を手早く脱ぐ。和臣の中学の時の服を着てきて本当によかったと思いながらそれらを畳み、オーナーが手渡してくれた新品の白シャツを広げて着る。肌触りがとてもよく、袖口のボタンも留めやすい。次にスラックス

を穿《は》きベルトを締め、裏地付きのジャケットを羽織る。体に沿うようにピッタリとしているのに、とても軽くて驚いた。

フィッティングルームの扉を開けると、透を見たオーナーが確信を得た表情で、ふっと目を細めた。

「これは……大変よくお似合いでございます」

「このスーツ、とても軽いです。それに動きやすいし……」

透が感心したように呟くと、オーナーがうれしそうに頷いた。

「ありがとうございます。ショルダーラインもぴったりでございますね。それでは、すぐにトラウザーズの裾を直します」

「トラ……？」

意味がわからず小首を傾げている透の足元に、オーナーがすっと膝をついてしゃがみ込んだ。

「スラックスのことでございます。裾上げをいたしますので、どうぞピンにお気をつけください」

オーナーは器用にスラックスの裾を折り返してピンで留め、透の全身を見つめ、何度か留め直すと、透の前に黒色の革靴を置いた。

「裾の状態と靴の履き心地を確認したいので、少し歩いてもらえますか」

「わかりました」

フィッティングルームを出て、高級そうな革靴でフロアの中を歩いてみる。

「いかがでしょうか」

オーナーに尋ねられ、透はにっこりと微笑んだ。

「靴もすごく歩きやすいです」

革靴なんて履いたことがないが、これなら靴擦れすることもないだろうとホッとした。

次に、オーナーが水色のネクタイを合わせる。

「ネクタイはこちらのお色がお顔に映えますね。では折原様、裾上げをいたしますので、一度着ていらした服にお着替え願います」

透はフィッティングルームで着替えを終え、スラックスをオーナーに手渡した。促されたソファでコーヒーを飲んでいるうちに裾上げが終わったようで、女性店員がスラックスを持ってきて、透はもう一度ブラックスーツに着替える。やはり白シャツもスーツもとても着心地がよい。改めて鏡を見ると、髪をカットしてダークスーツを着た自分は別人のようだった。

（でも、本当にこれって、トータルでいくらするんだろう……）

そんなことを考えながらフィッティングルームを出ると、オーナーが満足げに微笑んだ。

「結城様にご連絡いたしました。これから見に来られます」

オーナーの言葉からほどなく、エレベーターの電子音と共に、和臣が二階フロアに入って来た。

「和臣さん、こっちです」

笑顔で手を振ると、透に気づいた和臣が目を見開いて足を止めた。

「あの……和臣さん……？」

「…………」

無言のまま凝視されて、喉がこくりと上下する。

「か、髪を切ったのは本当に久しぶりで……とても軽くなりました。スーツもすごく着心地がよくて……それで……」

何も言ってくれない和臣に不安を覚え、声がだんだん小さくなって途切れる。

身長百八十五センチと長身で筋肉がほどよくついた逞しい体躯《たいく》と、驚くほど端整な美貌を持つ和臣から見れば、百六十五センチと平均以下の身長しかなく、華奢で貧相な体つきの、しかも童顔な透のスーツ姿など、おかしいと思ったのではないか。こちらをじっと見つめたまま何も言ってくれない和臣に、透の心は不安に揺れる。

和臣の顔を見ることができず、うつむいてかすれた声を出した。

「す、すみません、僕……全然、似合わなくて……」

「そんなことはない」

はっきりとした声が耳朶を打ち、ハッと顔を振り上げる。

「あ、あの……」

和臣は熱っぽい眼差しで透の前まで歩み寄り、カットしたばかりの髪を確かめるように優しく触れた。

「透、よく似合っている」

「……っ」

髪を撫でる和臣の慈しむような手の動きに、胸を塞《ふさ》いでいた不安が晴れていく。

「君の顔は以前見て知っていたのに……驚いた。本当に素晴らしい」

和臣が小さく息を吐くと、オーナーが控えめに横に並び、確認する。

「結城様、スーツはこちらでよろしいでしょうか」

「ああ、サイズもぴったりだ。黒色が肌のきめ細やかさを際立たせている」

透はおずおずと和臣を見つめた。

「僕……こんなスーツ、初めてで……ほ、本当におかしくないですか？」

もう一度和臣の手が頭に置かれ、優しく梳くように髪を撫でられる。

「……おかしくない。君はもっと自分に自信を持った方がいい」

「和臣さん……」

そのまま和臣に連れられてエレベーターに乗り、一階で降りる。透が着てきた服と靴は紙袋に詰められ、女性スタッフから手渡された。

「あの、僕、スーツのままでいいんですか？」

「パーティまで後二時間しかないから、そのままでいい。私は屋敷へ戻ってすぐに準備する」

こくんと頷いた後、透は気になっていたことを訊いた。

「すみません、カット代とスーツ代ですが……和臣さんに支払ってもらうのは申し訳ないというか、やはり僕が分割で支払った方が……」

「透、私が頼んだのだから、ここは私に支払わせてほしい」

「で、でも……」

和臣は小さく笑って首を横に振る。

「いいと言っている。君は意外と頑固だ」

一階の待合ソファで和臣がカードを提示し、あっという間に支払いがすむと、来た時と同様にオーナーと店員がずらりと並んで見送る中、透は和臣の後について店を出た。

「一旦、家に帰る」

「はい」

和臣は運転席に座ると、アクセルを踏み込み、慣れた手つきでハンドルを切る。車はほどなくして結城邸に着き、玄関ホールで出迎えた徳川が、車から降りた和臣に深々とお辞儀をした。

「お帰りなさいませ、和臣様。本日のパーティで結城工業理事の増田《ますだ》様より御欠席と連絡が入っております」

「わかった。会場にいる清水《しみず》へ伝えてくれ。陽太はもう学校から帰ったのか？」

「はい、リビングで絵を描いていらっしゃいますので、ご安心ください。和臣様、これからお召し替えなさるのなら、女性スタッフに手伝わせましょうか？」

「いや、着替えはひとりでいい。それより山崎に車を準備させてくれ」

徳川に命じた和臣が透の方を振り返る。

「透、リビングで待っていてくれ――」

透が無言で頷くと同時に、徳川が目を瞬かせて大きく口を開いた。

「えっ？　もしかして、折原さんでございますか？　これはなんと……！　そのように愛らしい顔立ちをしていたなんて」

驚愕《きょうがく》している徳川の声が響き、扉が開いていたリビングから自由帳を持った陽太が飛び出してきた。

「どうしたの、徳川、大きな声を出して」

「陽太様、こちら、髪を切られた折原さんでございます」

徳川の言葉に顔を上げた陽太がビクンと肩を揺らし、持っていた自由帳をその場に落とした。

「え……ボクの世話係の、あの折原さん……？」

戸惑うように揺れる陽太の瞳がみるみる大きく見開かれ、頬が朱色を帯びて笑顔になる。

「こんなにきれいだったの？　折原さん、すごい！」

「あ……えっと……僕……」

うれしさと恥ずかしさで曖昧な反応しかできずにいると、和臣が驚いている陽太と徳川を交互に見つめ、小さく笑った。

「二人とも驚きすぎだ。透が困っている」

徳川があわてて開けたままになっていた口を閉じ、こほんと小さく咳払いをした。

「失礼いたしました。さすが和臣様は折原さんのこの変わりようにも驚かれないのですね」

「私は前に透の顔を見て知っていたが、髪をカットしてスーツに着替えた彼を見た時は驚いたよ。それじゃあ、私も着替えてくる」

「すぐに正装をお持ちいたします」

和臣と徳川が去って行くと、陽太と二人きりになった。

「ねっ、折原さん、どうして急にそんなに格好よくなったの？　何かあったの？」

「えっと、今夜、結城グループのパーティに参加することになって、和臣さんが美容室に連れて行ってくれたんだよ」

「いいなぁ！　ねえ、折原さん、パーティってダンスとかあるんじゃない？　踊れるの？」

確かにパーティというとダンスというイメージがある。透は少し考えて、陽太の目線に合わせるように腰を屈《かが》めて答えた。

「僕、全然踊ったことがないから、ダンスが始まったら見学してるよ」

「えーっ、ダメじゃん。この前、クラスのみんなで輪になって踊ったよ。ボクが教えてあげるー」

陽太は透の手を引っ張ってリビングに入ると暖炉前まで行き、向かい合って両手をつないだ。

「それじゃあ、折原さん、ボクの方へ三歩、歩いてきて。いくよー一、二の三」

陽太が掛け声と共に後ろに下がり、パチンと手を打った。透も同じようにする。

「次は折原さんの方へ三歩進むよー。ワンツー、ワンツー、うん、折原さん、いい感じ」

透は踊りながら、これはフォークダンスじゃないかな？　と思ったけれど、一生懸命な陽太が可愛くて、そのまま一緒にステップを踏む。その様子をいつの間にか部屋に入ってきた徳川が目を細めて見ていた。

「ワンツー、ワンツー、そうそう、折原さん、いい感じー」

陽太に励まされ、しばらくステップを踏んだり回転したりしていると、タキシードに着替えた和臣もリビングに入って来た。

光沢のある黒色のタキシードに蝶《ちょう》ネクタイを合わせ、白襟をそびやかした彼はいつも以上に美しく、透は動きを止めて、少しの間見惚れてしまう。和臣に気づいた陽太がぱっと顔を輝かせた。

「わぁ、和臣兄さま、とっても格好いい！　ねえ、折原さんにダンスを教えてあげてー」

和臣は小首を傾げた。

「ダンス？　今夜は立食パーティだけで、ダンスは特に予定されていないが……」

「そうなの？　でもボク、和臣兄さまと折原さんのダンスを見てみたいなー」

「よ、陽太くん、待って……」

今までそっぽを向かれていたことを思うと、陽太が笑顔で話しかけてくれるのはとてもうれしい。でも、和臣とダンスの練習だなんて、考えただけで恥ずかしくて、透は陽太の提案にぶんぶんと首を左右に振った。

「あのね、陽太くん、時間がないし、お、音楽もないし、無理だよ」

透の言葉を聞き、和臣が時間を確認する。

「時間はまだ大丈夫だ。ここからホテルまではそれほどかからない。それに体を動かすことで、緊張が解《ほぐ》れるかもしれない。透、少し踊ってみるか？」

徳川がリビングの棚にあったＣＤプレーヤーを操作して、ゆっくりと振り返る。

「和臣様、スィングかワルツでしたら、すぐにかかります」

「ワルツを頼む。透、手を――」

「え？」

近づいてきた和臣に素早く腰に手を回され、引き寄せられた。

「……あ、の……っ」

驚きのあまり思わず体を強張らせる。しかし広いリビングにワルツの曲が響くと、和臣は躊躇なく透の手を握りしめた。

「…………っ」

素早くダンスの体勢に移った和臣が、戸惑っている透の腰を優しく抱いて流れるようなステップを踏む。優雅な彼の動きに、陽太が「すごい！」と歓声を上げた。

「わ、あ……っ」

和臣の大きな手を背中にあてがわれ、もう一方の手で指を握られた透の心臓が、壊れそうなくらい高鳴り、頭の中が真っ白になっていく。

「横へステップだ。そうだ、透」

和臣は的確にリードしてくれるが、緊張と羞恥で膝が小刻みに震え、足がもつれてしまう。

「——危ない、大丈夫か？」

和臣がよろけた透を支えるように抱き寄せ、体勢を整えながらさらに大きくステップを踏む。

転倒を防ぐためか、和臣に強く抱きしめられて、鼓動がさらに激しく脈打ち、足に力が入らず今にもその場にしゃがみ込んでしまいそうだ。

「か、和臣さ……ん……、ぼ、僕……もう」

真っ赤な顔で目に涙を浮かべる透を見て、和臣が心配そうに動きを止めた。

「透、足を捻挫でもしたのか？」

「い、いいえ……ちが……で、でも……」

しどろもどろになっていると、和臣が小さく笑った。

「それなら、もう少し踊ろう」

「……ええっ？　あ、いえ……っ」

和臣の腕の中に引き戻され、密着しすぎた距離に心臓がトクトクとさらに早鐘を打ちつける。

慣れない足取りでぎこちなくステップを踏んでいると、流れるような動きでくるりと回転させられた。

「うわぁ、素敵！　本当のダンスだ」

陽太が興奮して拍手している。ひとしきり踊った後、和臣に優雅に腰を折って礼をされた透は、いろいろな意味でぐったり疲れてしまい、ろくにお辞儀を返せなかった。顔を上げた和臣が、ふっと優しく微笑む。

「今日のパーティでは、ダンスはないから安心してくれ」

「は、はい……」

「それじゃあ、そろそろ出発しよう」

陽太がタタタッと駆けてきて、和臣の腰にしがみついた。

「いいなぁ、ボクもパーティへ行きたいー」

「陽太、今度、子供も参加できるパーティを計画する。その時は一緒に行こう」

「うんっ」

和臣の提案に陽太はぱぁっと顔を輝かせた。

「――帰りは遅くなるから、陽太はいつもの時間にちゃんと寝るように。徳川も先に休んでくれて構わない。それじゃあ、行ってくる。透、おいで」

「はい」

玄関アプローチで陽太と徳川が見送ってくれる。

「和臣兄さま、折原さん、行ってらっしゃい！」

「和臣様、重忠様にお会いしましたら、よろしくお伝えくださいませ。折原さんもお気をつけて」

透は大きく二人に手を振って、先に出ていた和臣の隣に並ぶ。体が火照っているせいで、秋の冷たい風が心地よく感じられる。肩を並べて結城邸の中庭を歩いていると、和臣がくすっと笑った。

「……陽太はすっかり君になついていた」

「あ、はい。僕も驚きました」

やはり髪が伸び放題だったので、変わった人だと思われていたのかもしれない。それに、一緒に夕食を摂ったこともよかったのかもしれない。改めて身だしなみの大切さや、食事を共にする意味を痛感していると、リムジンが停まっている噴水前に着いた。

運転手の山崎が、和臣を見て頭を下げる。透に気づくと一瞬動きを止め、逡巡の後、わずかに口を開けた。和臣が小さく笑って声をかける。

「山崎、横浜のヴァリールホテルだ」

「は、はい、かしこまりました」

我に返った山崎が、後部座席のドアを開けて和臣を乗せた後、反対側に回り込んで透のためにドアを開けた。

「あ、ありがとうございます……」

おずおずと和臣の隣へ座ると、車は結城邸から静かに走り出した。

横浜の高級ホテルに着き、車を降りた透はエントランスホールの豪華さに目を瞠りながら、和臣についてホテルの中へと入る。壮麗なホテルのロビーを通ると、会場の入口でカクテルドレス姿の女性客がローブを預けていた。

「透、私はゲストに挨拶をしなくてはいけない。そばにいてやれないが、今回は結城グループ内の親睦のためのパーティだから、自由に食事をしてくつろいでくれ。落ち着いたら父に会わせる」

「はい、わかりました」

透は和臣の後に続いて眩しいほどの光源が満ちる会場へ入った。パーティホールは百人くらいの着飾った人々で埋まり、ホテルの給仕たちが流れるようにその間を縫って料理やドリンク類を運んでいる。濃紺に金地模様の豪奢なカーペットが敷かれ、大きなシャンデリアが天井に煌めいている会場の豪壮さに圧倒され、喉を上下させた。

和臣と透が会場へ入った途端、騒めいていた会場が一瞬にして静まり返る。人々の視線が一斉に和臣に向けられた。

（うわ……）

後ろにいた透は腰が引けて一歩後ずさったが、和臣は堂々とした態度で次々に訪れる客人たちとにこやかに握手を交わしている。

（和臣さん、すごい……）

あっという間に和臣が煌びやかな会場の中心になり、人々の談笑する声が弾み、パーティが盛り上がっていく。

ひとり残された透はふと、会場の中に点々と配置されたテーブルの上に、ごちそうが並んでいることに気づいた。

（そういえば、おなかがペコペコだ）

周囲の人々を見ると、歓談しながら取り皿に料理を盛って食べている。透もテーブルに近づき、オードブルの中からクラッカーの上にクリームチーズとトマトが載ったものを皿に取り、口に運ぶ。さすが一流ホテルの料理だけあり、さっぱりとした風味でとても美味しい。その隣にあるスモークサーモンのキッシュと生ハムを食べると、こちらも素材を生かした薄味で美味だ。夢中で食べていると、ホテルの給仕係がドリンクを銀盆に載せて差し出してきた。喉が渇いていたので、ありがたくその中からピンク色の飲み物が入ったグラスを手に取り、ゴクゴクと飲む。

「……もしかして、透くん？」

ふいに後ろから声をかけられて、透はごほっと咳《せ》き込んだ。

振り返ると、ブラックスーツ姿の滋野が口を大きく開けて立っている。

「滋野店長！」

「やっぱり、透くんか！　後ろ姿が似ていると思った。どうしたの、まるで別人じゃない！」

黒縁メガネの奥の目を細めた滋野が、大股で近づいてくる。

「いやあ、すごい。透くんの髪型、ものすごく似合っている。それにそのスーツ、かなり高級なものだね。どこの紳士かと思ったよ。本当に驚いた」

感嘆した滋野が「さすが結城邸で働き出すと、こんな短期間で変わるんだね」と感慨深げに呟く。

透は面映《おもは》ゆいような気持ちで、肩を揺らした。

「それは……全部和臣さんのおかげです。あ、菜々美さんは？」

「今日は各店長だけが参加してるんだ。橘さんは透くんの後に入ったアルバイトの子をビシバシ鍛えているよ。橘さんが今の透くんを見たらすごく驚くぞ」

しばらく二人でテーブルの上の料理を食べながら菜々美のことやカフェのことを話していると、ふっと会場内の空気が変わった。

「ご歓談中のところを失礼いたします。結城グループCEO、結城和臣氏より、ご挨拶を――」

中央の壇上に立った司会者らしき男性の声に、周囲からわっと歓声が上がる。会場の全員が見守る中、颯爽《さっそう》と和臣が現れた。マイクを受け取り一礼する。

「皆様、本日はお忙しい中、ようこそおいでくださいました――」

凛とした声で挨拶が始まった。周囲の誰もが真剣な顔で和臣を見つめている。

「うわぁ……これだけの人数を前に堂々とした挨拶ができる結城さんってやっぱりすごいよね。その上、タキシード姿がめちゃめちゃ似合ってる。会場内の女性はみんな彼に見惚れて……透くん？」

ぼうっと和臣に視線を奪われていた透は、滋野に肩をたたかれてハッとなった。

「透くん、ロゼワインで酔ったのかな？」

手に持ったグラスの中の飲み物を見つめ、目を瞬かせた。

「あ、これワインなんですか？　僕、知らずに飲んでしまって……」

「少し顔が赤くなっている。大丈夫？」

「はい、少し足元がふわふわとしますが、大丈夫です」

和臣のスピーチが終わり、会場内は盛大な拍手に包まれた。壇上を下りた和臣を囲むように、華やかな装いの男女が輪を作っている。

「おっ、結城夫人だ。透くん、結城邸で会ったこと、ある？」

会場内で背筋をピンと伸ばして食事をしている女性を滋野が視線で示した。

「いいえ、海外旅行に出かけられてたので」

滋野の視線を追うと、瘦《や》せた体に真紅のカクテルドレスを纏ったショートカットの女性がいた。美人と称される顔立ちだが、細い目が少し冷淡な印象を与える。周囲の人々が深々と頭を下げているが、彼女は軽くお辞儀を返すだけで、優雅に食事を続けていた。

（あの人が、美也子さん……）

視線を感じたのか、美也子がちらりとこちらを見たが、すぐにテーブルの上へ視線を戻した。

「なんでも、気難しい女性らしいと聞いてるけれど……まあ、透くんならきっとうまくやれるよ」

「だといいんですけど……」

一抹の不安を覚えながらも、滋野と再び話に花を咲かせた。しばらくして滋野がユーキカフェ他店の店長らしき男性から呼ばれた。

「知り合いの店長に挨拶してくるよ。透くん、また後で」

「はい、滋野店長」

広い会場の中に紛れる滋野の後ろ姿を見送り、透は給仕係から水をもらって飲む。

一気に半分ほど口をつけたところで、美也子が近づいてくるのが見え、驚いた。

目の前まで来た美也子は何かを見定めるように、腕を組んで透をじろじろと見つめる。

「あ、の……？」

冷たい眼差しがゆっくりと全身に注がれるのを感じ、蛇に睨まれた蛙《かえる》のように萎縮してしまったが、挨拶がまだだったことに気づいてあわてて頭を下げた。

「ぼ、僕は陽太くんのお世話係の折原透です。よろしくお願いいたします」

透が言うと、美也子の真っ赤な唇が弧を描いた。しかし目は笑っていない。

「……わたくしは結城美也子よ。よろしくね」

それだけ言うと、美也子は踵を返した。ゲストの中へ戻って行く細い背中を惚《ほう》けたように見つめる。

陽太の世話係として認めてもらえたのかどうかはわからないが、とにかく挨拶ができてよかったとホッと肩を落とす。

ワインを飲んだせいかどうも頭がぼんやりとしている。透はそっと会場を出て、ロビーで小さくため息をついた。

幾何学模様の絨毯が敷かれ、黒色の調度品とソファが配置されているロビーは広い。大きな窓から空を見上げると、いつの間にか漆黒の闇が広がっていた。

(もうこんな時間なんだ)

しばらくテラスに出て風に当たろう、と思ったが、聞き覚えのある怒声に足を止めた。

「――俺のことは、どうでもいいって言うのか！」

(今の声は……)

ただならぬ気配を感じ、透は声がした部屋を探した。見当をつけた部屋の扉は薄く開いていて、そこから隆文の声が漏れ聞こえている。

そこは控室のような小部屋で、華やかなタキシードを纏った隆文が、六十歳くらいの年齢の男と向かい合っていた。こちらの男性もタキシード姿だ。

「……俺にもチャンスをくれよ。なんで……俺にはそんなに冷たいんだ」

隆文がダンッとテーブルを拳で殴り、それだけでは気持ちが収まらないのか、そばのパイプ椅子を足で蹴り倒した。ガタガタッと大きな音がしたが、初老の男は隆文を睨みつけたまま、落ち着いた声で返す。

「結城グループのトップは和臣でないとならない。お前では荷が勝ちすぎる」

「俺にはできる。長男は俺だ！」

「そんなことは関係ない。わしの子供の中で最も優秀な者を跡取りに選んだ。和臣はわし以上の能力を持っている。お前は自分がＣＥＯに選ばれなかったことを和臣のせいにして甘えているが、お前が継いだユーキテクノロジーは経営不振で赤字続きではないか。そんな経営手腕でグループＣＥＯが務

まると本気で思っているのか？」

「くっ……そ、それは……」

残酷な事実を突きつけられた隆文は、かすれた声で訴える。

「俺だって本気を出せば、和臣と同じくらいグループ全体の業績を伸ばすことができるはずだ」

「隆文、はっきり言っておく。わしがお前に望むのは、兄として和臣をサポートすることだ。美也子がそそのかしているのだろうが、お前の力量では……」

「父さん！　長男の俺の立場を少しは考えてくれ！」

厳しい言葉を畳みかけられて堪え切れなくなったのか、隆文が初老の男性の胸倉を摑んだ。

（と、止めないと……）

透は意を決して扉を押し開け、腹の底から大きな声を出した。

「た、隆文さん、待ってください！　暴力はよくないです」

突然割って入った声に隆文は驚き、入室した透を啞然と見つめる。

「……お前は……？」

じきにハッとした表情になり、隆文の双眸がみるみるうちに瞠目した。摑んでいた初老の男性から手を離すと、気まずそうに透の方に向き直る。

「……ずいぶんと変わったな。馬子にも衣装だ。お前、そんな顔をしていたのか」

先ほどの怒りはまだ収まっていないのだろう。意外そうな表情をしながらも、隆文が纏う空気はピリピリと張りつめている。透はどうにか彼の怒りを紛らわせようと、頭に浮かんだことをとっさに口にした。

「あの……結城グループのパーティなのに、隆文さんは会場に顔を出さなくて大丈夫なんですか？」

隆文の眉が寄り、眉間に深い縦皺が刻まれる。

「失礼なヤツだな。和臣のように目立たないかもしれないが、俺だってちゃんと会場にいたさ。今は父さんと話があって抜けているだけだ！」

怒鳴る隆文の脇を通り抜け、初老の男性がゆっくりと透の方へ近づいてきた。

「初めて見る顔だな。お前は誰だ？」

静かだがよく通る声で訊かれた。この男性の高い身長や、若い時は美青年だったと思われる端整な顔立ちは、和臣や隆文とよく似ている。それに目元は陽太にそっくりだ。

「父さん、こいつが陽太の世話係です」

隆文の説明に初老の男性が大きく目を見開いて、ポンと手をたたいた。

「おお、そうか。お前が陽太の……！　会いたいと思っていた。わしは結城重忠だ」

(この人が……和臣さんと陽太くんのお父さんで、前ＣＥＯの重忠氏……)

透は緊張しながらも姿勢を正し、勢いよく頭を前に倒す。

「は、初めまして。折原透と申します」

重忠がしげしげと透を見つめてくる。

「陽太はわしが五十四で生まれた子だ。可愛くて仕方がない。よしなに頼むぞ」

「はい。僕も絵を描くのが好きですし、これから陽太くんと楽しく一緒に過ごせたらと……」

思っています、という言葉が、ふいに伸びてきた重忠の手で両手を包み込むように握られて、途切れた。

「お前はずいぶん若いな。その上、愛くるしい顔をしている」

握られた手に力が加わり、透は今しがたされた「愛くるしい」という発言と共にどう返していいかわからず戸惑ってしまう。しかし、重忠は笑みを湛《たた》えたまま真っ直ぐに透を見つめ続けている。

「和臣が推薦したと聞いているが、どういった知り合いなのだ？」

「ぼ、僕は『ユーキカフェ』でアルバイトをしていました」

「そうか。お前のような子がいたとは」

「……っ」

握られた手を強く引っ張られ、そのまま重忠の胸の中へ身を預ける形になった。

あわてて離れようと顔を上げたが、熱を帯びた黒々とした双眸に見つめられて小さく息を呑む。理由はわからないが、漆黒の目にねっとりと絡みつくような熱を感じ、体がすくむ。さらに背中に手を回され、言い知れぬ嫌悪が湧き上がってきた。

「あ、あの……？」

透がかすれた声を出した刹那、扉がノックされ、スーツ姿の中年男性が一礼して入ってきた。

「失礼いたします。重忠様、結城工業前副社長の林《はやし》様が、面会を希望されています」

この男性は重忠の秘書のようで、室内の様子を見ても眉ひとつ動かさない。重忠はようやく透の体を離すと、鷹揚《おうよう》に笑いながら頷いた。

「わかった。林か、なつかしい。あいつは引退してから田舎《いなか》で農業などして、悠々自適に過ごしているようだ。すぐに行くと伝えろ。それでは、また――」

重忠は笑みを深くして透の方を振り返り、何事もなかったかのように部屋から出て行った。

隆文は不機嫌そうな顔で腕を組み、透を睨みつけている。

「――お前、父に気に入られたようだな」

「えっ、そうなんですか？」

今の行為はスキンシップにしては過剰な触れ合いの気がしたが、陽太の世話係として重忠に気に入ってもらえたなら不審に感じることはないのだろうか。

そんなことを思っていると、隆文が口元を引き締めて、気を落ち着かせるようにふぅっとため息をついた。

「お前が邪魔をしたせいで、父を殴らなくてすんだ。とりあえず……礼を言う」

「えっ……？」

突然の感謝にあわてる透を横目に、隆文は片方の口角を上げ、今度は皮肉っぽい笑みを浮かべた。

「話は変わるが、お前、母と会って話したのか？」

「美也子さんですか？　会場でお見かけして挨拶をさせていただきました。とてもきれいな方ですね」

透の素直な感想に隆文が愉快そうに喉を鳴らした。

「おめでたいヤツだな。お前が使用人に避けられている元凶を褒めるとは」

その言葉に透は度肝を抜かれ、目を瞬かせる。

「美也子さんが元凶……？　どういうことですか……？」

「お前を陽太の世話係に推薦したのは和臣だ。和臣を憎んでいる母が、お前を結城邸から追い出そうと、家令の徳川以外の使用人に、お前を無視するように命じてもおかしくはないだろう」

「……美也子さんが和臣さんを憎んでいるって、なぜですか？」

意味がわからず尋ねた透に、隆文は訝しげに眉をひそめた。

「知らないのか？　和臣は父が愛人に生ませた子だからだ」

透は「えっ」と驚きの声を上げる。

「母は結城グループCEOを俺が継ぐと思っていた。それなのに和臣が選ばれた。だから母は妾腹《しょうふく》の和臣が憎くてたまらない」

ふいに隆文が黙り、部屋にわずかな沈黙が広がる。

「……ちょうど今の陽太くらいの時、和臣が結城邸に連れてこられた。あの頃の和臣は小柄で色白で、いつも俺の後ろにくっついて離れなかった。『兄さま、兄さま』って俺になついて……」

昔を思い出すように遠い目をした隆文だが、はっと息を吐き出すと、くだらないとばかりに肩をすくめた。

「会場に戻る。そろそろパーティはお開きだろう。お前も戻った方がいい」

振り返らずにそう言うと、隆文は大きな歩幅で足早に部屋を出て行った。

（和臣さんも陽太くんも隆文さんも、父親は同じだけど母親が違う……）

聞かされたばかりの事実を整理していると、彼らの父親である重忠の顔が浮かび、同時に先ほどの絡みつくような視線と体温が蘇《よみがえ》り、ゾクッと肌が粟立《あわだ》った。

透は少しの間その場に立ち尽くし、やがて小さく息を漏らすと、小部屋を退出してパーティ会場へと戻る。

会場内は和臣を取り囲むように輪ができ、それぞれがグラスを片手に談笑していた。華やかな会場の中でひときわ目を引く和臣を見つめていると、視線に気づいた彼がそっと輪を抜け、近づいてきた。

「透、放っておいてすまない。疲れただろう?」

グループCEOとして周囲に気を配っている彼の方が何倍も疲れているだろうと思い、透は首を横に振り、ねぎらいの言葉を返す。

「和臣さんこそ……お疲れ様です」

ふっとやわらかな笑みを浮かべた和臣が、何かを思い出したように会場内を振り返り、小さく嘆息した。

「君を紹介しようと思っていたが、父の姿が見当たらない」

「あっ、僕、先ほど重忠氏とお会いしました」

透の言葉に、和臣は一瞬、大きく目を見開き、じきに心配そうに目を細めた。

「何か言われたか?」

「いいえ、特には何も……陽太を頼むと、おっしゃってました」

和臣はホッとした表情で頷く。

「そうか。そろそろ帰宅している人も多い。父との顔合わせが終わったのなら、きりのいいところで透も先に家に戻ってくれて構わない。山崎に君だけ連れて帰るように伝えてある」

確かに、いろいろなことがあって疲労を感じていたが、和臣の立場を思うと素直に頷けない。

「でも、和臣さんの方が疲れているのに……僕、待ってます」

明るくそう言うと、和臣が小さく笑って透の肩に手を置いた。

「私は結城グループCEOとしてまだ残っていなくてはいけないし、帰りはいつになるかわからない。だから先に戻ってくれ」

重ねて言われたことで、ようやく首を縦に振った。

「……わかりました。それじゃあ僕、お先に失礼させてもらいます」

透は会場を見渡して滋野を探し、別れの挨拶をして後にした。ホテルのロビーを抜けて外へ出ると、駐車場で山崎を見つけ、車に乗る。白手袋でハンドルを握りながら山崎が低く尋ねてきた。

「……パーティはどうでしたか？」

初めて山崎から話しかけられて、透は瞬時に反応できなかった。パチパチと瞬《まばた》きを繰り返したのち、ようやく口を開ける。

「あ、はい、緊張しましたが、知ってる人にも会えたし、楽しかったです」

「……」

山崎は小さく頷くと、後は黙ったまま結城邸へ車を走らせた。短い会話だったが、山崎から話しかけられたことでわずかな変化を感じた。

美也子の発言にどれだけの影響力があるのかはわからないが、透がやるべきことは陽太の世話であり、和臣の力になることだ。その目的を見失わなければ、周囲の状況もおのずと変わっていくのかもしれない。

そんなことを考えていると、車が結城邸玄関アプローチに着いた。通いの使用人たちは帰宅している時間で、屋敷内に住んでいる徳川が透を出迎えてくれた。

「お帰りなさいませ、折原さん。お疲れ様でしたね」

「ただいま戻りました。徳川さん、陽太くんは?」

あの後どう過ごしたのかと気になり訊いてみると、徳川は目尻に皺を寄せて微笑んだ。

「大丈夫でございます。折原さんの顔を思い出してスケッチされて、しばらくはしゃいでいましたが、いつもどおりお休みになられました。折原さんもお休みになってください。和臣様はわたくしがお待ちしますので」

「ありがとうございます。じゃあ、お言葉に甘えて……」

透はエレベーターで三階に上がり、自室に入ると思い切り背伸びをした。湯を張った風呂でゆっくり体をあたため、和臣が中学の時に着ていた服の中から寝間着を出して着替えた。

(和臣さんが着ていたパジャマ……)

ほとんど新品のようにきれいなその寝間着はとても着心地がよかった。美容室やパーティでの緊張がどっ押し寄せ、眠くて目を開けていられなくなり、早々に電気を消してベッドの上へ倒れ込む。

心地よい寝具の上で、透はあっという間に眠りに落ちていた。

——透……………。

誰かに呼ばれたような気がして、ふっと意識が浮上する。カチャリと扉が開く音がした。

「――透、寝たのか……？」

（……和臣さんの声……？　パーティが終わったのかな……それとも、これは夢……？）

瞼を開けようと思うのに、眠くて開かない。誰かが近づいてくる気配がして、そっと透の髪に触れる。その手が優しく髪を梳き、指先が頬を滑り、顔の輪郭を辿《たど》るように撫でる。

「――透、今日はありがとう。君のおかげで滞りなくパーティを終えられた。父も君に会えて喜んでいた」

（これは、夢……？）

微睡みかけた意識の中で、大きな手が何度も髪や頬を撫でるのを感じ、息苦しいような甘酸っぱいような想いが胸の奥からじわじわと湧き上がってくる。

「透……」

ふいに心地よい手の動きが止まり、吐息が頬に触れた。体がピクンと揺れた直後、頬にやわらかな感触が落ちる。

（……和臣……さ、ん……？）

「――陽太のことも安心して君に任せられそうだ。予定より早いがお試し期間は終了ということでいいかな」

囁くような声音と共に髪を撫でていた指のぬくもりが消える。

ひそやかな足音が遠ざかり、ドアが閉まる音がしたが、透は何も考えられず、そのまま深い眠りに落ちた。


翌朝、目を覚ました透は、ベッドから起き上がった瞬間、ハッと動きを止めた。

「昨夜……パーティから戻って、部屋で寝ている時……和臣さんが部屋に入ってきたような……」

記憶が確かであれば、パーティの礼を言われた気がする。そして陽太のことも。

彼に満足してもらえる働きができたのであれば喜ばしいことだ。ただ、その後に頬に感じたやわらかなぬくもりは……。

思わず頬を手で押さえる。熱を帯びているような気がして、心臓が大きく鼓動を刻み、ごくっと唾を呑み込んだ。

（もしかして、頬にキスされた……？）

その可能性が頭に浮かんだ途端、胸の鼓動が一気に弾け、息苦しくなってくる。

（和臣さんはアメリカで学位を取得している。だからキスとか、きっと挨拶みたいなものだ……）

そう思うのに、胸を締めつけるような切ないときめきがなかなか消えない。

「これって……」

和臣に出会ってから、幾度となく感じた胸の高鳴り。心が躍るような、でも苦しいようなこの気持ちの正体は――。

透は昨夜の記憶を振り払うように、何度か深呼吸を繰り返す。辿り着きそうなその答えは、まだ出すべきではない。今は自分に課せられた仕事をしっかりこなさなくては。

「さあ、陽太くんに朝の挨拶をしてこよう」

リビングへの廊下を急いでいると、ちょうど出てきた和臣と扉の前で鉢合わせになった。

ダブルのダークスーツを着た精悍な顔を見た途端、落ち着いたばかりの胸がトクンと小さく跳ねる。

「お、おはようございます」

「おはよう、透。昨夜のパーティの疲れは残ってないか？」

「は、はい。か、和臣さんこそ……遅くまで……えっと、あの……」

昨夜、部屋に入ってきたかどうかを尋ねようか迷ったが、彼の切れ長の双眸を見ているうちに、頬に感じたぬくもりを思い出し、まつ毛を伏せてうつむいた。

「今朝、陽太が熱を出したようだ」

「えっ？」

驚いて顔を上げると、和臣が小さく頷き、ポンと透の肩を軽くたたく。

「同じクラスで風邪が流行っているらしく、陽太もひいたようだ。さほど熱は高くはないが、今日は学校を休んで、家で過ごすのがいいだろうと主治医が判断した」

風邪の初期だと聞き、透はホッとした。

「僕、陽太くんについています」

「そうしてくれると助かる。私もついてやりたいが、仕事がある」

和臣が玄関アプローチに向けた視線を追うと、扉の前で秘書が立って待っていた。透は和臣を安心させたくて、笑顔で胸を張る。

「任せてください。陽太くんのことは心配しないで大丈夫です」

「――透」

和臣は目を細め、薄い唇に微笑を浮かべた。

「では、行ってくる」

「行ってらっしゃい」

小さく手を挙げ、秘書を促して出て行く和臣を見送ると、透はエレベーターで三階の陽太の部屋まで急いだ。

「失礼します。陽太くんの具合はどうですか？」

ノックをして入ると、パジャマの上にカーディガンを羽織った陽太がソファに座り、徳川が朝食を片付けているところだった。

「あ、折原さん」

陽太が顔を上げて透を見た。

「陽太くん、具合はどう？」

「いつもと同じだよー。大丈夫なのに、外へ出ちゃいけないって。つまんないー。折原さん、こっちにきて」

陽太が思っていたより元気そうで、透は安堵しながら隣に腰かけた。

「明日は学校へ行けるように、安静にしてようね。あ、何か描いていたの？」

テーブルの上に広げられた自由帳に気づき、そのノートを見る。そこには陽太の部屋にある花瓶と花が鉛筆でデッサンされていて、八歳とは思えない出来栄えだ。

「上手だね。僕も絵を描くのが大好きなんだ。陽太くんの絵をもっと見たいな」

「えー、まあ、いいけど……」

褒められてまんざらでもなさそうな陽太は、透に自由帳を手渡してくれた。室内の家具や置物などが描かれていて、どれも上手だ。感心しながらページをめくっていると、陽太がじっと透に視線を送ってくる。

「どうしたの？」

「んー、ボク、折原さんの絵が見てみたいなって思って」

「何がいいかな。陽太くん、何か描いてほしいリクエストとか、ある？」

「それじゃあ、昨夜のパーティの様子を描いて」

「わかった。大きな会場にたくさんの人がいたよ。美味しいお料理が並んでいた」

透は自由帳と二Bの鉛筆を陽太から受け取り、会場の雰囲気を思い出しながらさらさらと絵を描いた。その様子に、隣に座って見ていた陽太が感嘆の声を上げる。

「うわ、折原さん、上手。その真ん中の人、もしかして和臣兄さま？」

中央にタキシード姿の男性を描いていた透は、大きく頷いた。

「そうだよ。和臣さん、すごく目立っていた」

「すごい！　ねえ、次は飛行機を描いてー」

請われるままにいろいろと描いていく。陽太は興奮したようにキラキラと目を輝かせ、透の手元をじっと見つめている。

「……ねえ、折原さんはどうして、ボクの世話係になったの？」

突然ポツリと訊かれ、傍らに座る小さな顔を見た。

「僕はユーキカフェに勤めていたんだ。そこに和臣さんがコーヒーを飲みに寄ってくれて、僕が陽太くんに似ているから、世話係にならないかって言ってくれたんだよ」

「折原さんとボクって、似ている？」

くりくりとした大きな目を瞬かせる陽太を素早くスケッチしながら、透は答える。

「絵を描くのが好きなところが似ているって、和臣さんが言ってたよ。……うん、できた、陽太くんが描けたよ」

ノートを見せると、陽太が目を丸くした。

「えっ、ボク……？　わ、すご……これ、ボクだ！」

はにかんだ笑顔を浮かべる陽太を見て、可愛いな、と目元をゆるめる。姉のことは大好きだが、末っ子だったことで、弟がいたらどんな感じだろう、と思ったことがある。なんだか年の離れた弟ができたみたいでうれしい。

「あのね、この絵にペンダントも描いて。ボク、いつもつけてるの」

陽太は首から下げているペンダントを引っ張り、カーディガンの上にかけ直した。精密な模様が描かれた黄金色のペンダントで、楕円を縁どるように、小さな宝石が埋め込まれている。

「きれいなペンダントだね」

「うん、ボクの宝物なんだ」

(僕にとっての姉さんからの手紙のように、陽太くんはこのペンダントがとても大切なんだ)

そんなことを考えながら絵にペンダントを描き加えると、陽太は満面の笑みでその絵を受け取った。

右から左、あらゆる角度から自分の似顔絵を堪能する陽太を見ていると透も幸せな気持ちになり、そっと小さな頭に手を伸ばし、優しく撫でた。

澄んだ空気が次第に冬の到来を感じさせるようになり、二週間が経った。

透と一緒に夕食を摂るようになって食べる量が増えた陽太は、あれから体調を崩すことなく、元気に学校へ通っている。

「ただいまー、折原さん、遊ぼう」

薄曇りの午後、山崎の運転する車で帰宅した陽太が、控室で結城邸の来客に関する書類の整理をしていた透のそばに走ってきた。

透は仕事の手を止め、にっこり笑う。

「お帰りなさい、陽太くん。宿題は？　先に宿題をしてから遊ぼうね」

「今日の宿題は本読みだけだもん。後でするから、ボク、折原さんの部屋に行きたいー」

ぐいぐい引っ張る陽太に手を引かれて螺旋階段を上る。三階に着いたところで、陽太が「あっ」と叫び、駆け出した。和臣の部屋のドアが薄く開いている。

「和臣兄さま、戻ってきたんだー」

陽太がノックもなく和臣の部屋の扉を押し開けた。

「待って、陽太くん。まだ三時だから、和臣さんは仕事中だと思うよ。勝手に部屋に入っちゃダメだよ」

「和臣兄さまは時々、用があって早く帰ってくるんだよ。いつも部屋には鍵がかかっているから、ドアが開いているのは和臣兄さまがお部屋にいる時なんだ。和臣兄さまー」

そう言いながら、陽太が和臣の部屋へと入ってしまう。

「陽太くん、待って」

止めなければと思い、小さな背中を追って透も中へ入る。

初めて足を踏み入れた部屋は、煌めくシャンデリアが天井から下がり、白壁に金額縁の絵画が飾られていた。大きなライティングデスクと、ぎっしりと本やファイルが詰まった本棚、大型テレビやパソコンなどがあり、大きなフランス窓の隣に内扉がある。

「和臣兄さまー？　どこにいるんだろう、あのドアの奥かなー」

和臣が部屋の中にいると確信した陽太が、瞳を輝かせながら勢いよく内扉を押し開ける。

「陽太くん、勝手に入っちゃダメだって」

陽太の後を追って小部屋に入った透は、思いもしなかった光景に息を呑んだ。

窓がない小部屋の中に和臣の姿はもちろんなく、代わりにイーゼルと油絵の道具が置かれ、イーゼルには描きかけの大きなキャンバスが載っていた。

陽太がその絵の前に立ち、口を大きく開けている。

「これ、和臣兄さまが描いてるの？」

まさか和臣が絵を描いていたとは知らず、陽太の問いかけに応えることができなかったが、キャンバスを見た途端、胸の鼓動が嫌な音を立てた。

そこに描かれていたのは、花束を手にした美しい外国人女性だった。茶色に金髪が交じったような長い髪に、白い肌と大きな茶色の瞳。そして高い鼻梁にピンクの唇をした美女が優しく微笑みかけている。その絵の背景はまだ真っ白だが、女性は細部まで丁寧に描き込まれていて、描き手の強い想いがうかがえた。

以前、滋野が言った言葉を思い出す。

『──結城さんには一途に想っている恋人がいるんだ。なんでも外国人女性らしい。今は海外にいてあまり会えないと聞いている』

絵を見つめたまま、透の口から吐息のような声が落ちる。

「……この女性が、和臣さんの……恋人……？」

あたたかなタッチで描かれた絵から、モデルの女性に対する愛情がひしひしと伝わってくる。

奥歯をぎゅっと嚙みしめた時、突然、陽太の声が耳に響いた。

「和臣兄さま！」

「……何をしている？」

低音で問いかけられ、透は大きく肩を揺らして振り返る。開いたままの内扉の前にスーツ姿の和臣が立ち、じっとこちらを見据えていた。

「か、和臣さん……」

和臣が浮かべていたのは、いつもの笑顔ではなかった。

初めて目にする険を孕《はら》んだ表情に、背中がひやりと冷たくなり、言葉を失う。

（お、怒っている。当たり前だ。勝手に部屋に……しかも奥の小部屋にまで入って……）

「す、すみません」

「………」

謝罪する透から視線を逸らし、和臣が小さく息を吐いた。陽太が、明るい声で尋ねる。

「この小部屋の中の絵、和臣兄さまが描いてるの？」

「……そうだ……」

低い声でそれだけ答えた和臣に、彼が怒っていることにようやく気づいた陽太が、あわてて頭をぺこりと下げた。

「和臣兄さま、勝手に部屋に入ってごめんなさい」

「……気にしなくていい。部屋の鍵を閉めなかった私の責任だ。それより、これから結城産業の幹部とネット会議がある。二人とも部屋を出てくれるか？」

「……っ」

突き放すような口調と、怒りを含んだ眼差しに、透はこくりと唾を呑み込んだ。

「あ、の……、かず……」

呼びかけようとした声がかすれ、途切れる。和臣からこんな冷たい物言いをされたのは初めてで、胸の奥がしんしんと冷え、体が凍り付いたように冷たくなった。

気まずい沈黙を破るように和臣が透と陽太に背を向け、ファイルを手に取り、チェアに座った。

パソコンのスイッチを入れ、ファイルに目を通し始める。その仕草は仕事が忙しいことを雄弁に語っており、これ以上の会話を拒否しているように見える。

「か、和臣さん……本当に、すみませんでした」

なんとか細い声で謝罪し、透は陽太を連れて和臣の部屋を出た。

「……和臣兄さま、怒ってたね……」

しょんぼりと肩を落とした陽太を元気づけるように、透は小さな背中を撫でた。

「気にしないでいいって言ってくれたし、きっと大丈夫だよ」

「本当？　ボク、今度から勝手に部屋に入らないようにする」

「うん……」

その後、陽太は家庭教師が来て、透は控室で徳川の手伝いの続きにとりかかった。

しかし仕事をしていても、初めて向けられた和臣の冷たい眼差しを思い出し、パソコンを打つ手が止まってしまう。

（どうしよう……）

改めて先ほどの行動を思い返すと、全身から血の気が引いていく。陽太を止めるためだったとはいえ、許可なくプライベートの場に足を踏み入れるなんて最低の行為だ。きっと和臣もそんな透の行動に失望したのだろう。

犯した罪の重さに強く唇を噛みしめた直後、控室に入ってきた徳川から声をかけられた。

「どうしました？　顔色が悪いようですが」

心配そうに透の顔をのぞき込む徳川に、すがりつく思いで重い口を開く。

「……和臣さんを怒らせてしまいました」

和臣のプライベートのこともあり、詳細を話すことはためらわれたが、結果だけ伝えると、「そうですか」と静かな声が返ってきた。

「……折原さん」

名前を呼ばれ、透はうつむいていた顔を上げた。主《あるじ》を怒らせてしまったと報告したのに、徳川はいつもと変わらない穏やかな笑みを浮かべている。

「お友達に会いにいかれてはどうですか？」

「え？」

思いがけない申し出に、キョトンとする。

「和臣様を怒らせてしまったのは事実として、籠《こ》もっていても何も変わりません。気晴らしが必要な時もございます。外の空気を吸うと、きっと元気が出ますよ」

友達と言われ、ふっと『ユーキカフェ』の滋野と菜々美の顔を思い出し、会いたいという気持ちが湧いてきた。

「……ありがとうございます。僕、後で少し出てきます」

透は作っている書類を保存し、陽太と一緒に夕食を摂った後、デイパックを背負って結城邸を出た。

最寄りの駅まで歩き、久しぶりに電車に乗る。

車内は仕事帰りのサラリーマンが多く、疲れた空気が漂っていた。わずか数週間だが、こういった日常から遠ざかっていた事実を知る。

電車に揺られ、なつかしい駅で降りると、ユーキカフェまで足早に歩く。

オーク材の扉を開けると「いらっしゃいませ」と菜々美の声が迎えてくれた。

そろそろ閉店時間のようで、ちょうど他のアルバイト店員がレジで最後の客の支払いをすませているところだった。

「遅くにすみません、菜々美さん」

「いいえー、どうぞこちらのテーブルへ……」

言いかけた菜々美がハッとして透の顔をじっと見つめる。

「ぎゃ——っ」

女の子の叫び声とは思えない悲鳴を上げ、菜々美が手に持っていた銀盆を床に落とした。

「透ちゃん——？　透ちゃんよね？　やだっ、すごい美少年になってる。滋野店長、透ちゃんが！」

菜々美が声をかけると、コックコート姿の滋野が笑い声を上げて厨房から出てきた。

「おー、透くん。そういう普通の私服姿もよく似合って、モデルみたいだ」

「滋野さん、先日のパーティではお世話になりました」

テーブル席に着いてコーヒーを頼むと、菜々美がカップいっぱいになみなみと注いで持ってきてくれた。

「透ちゃん、いい格好してるし、髪もすごくおしゃれになった。結城さんのお屋敷で幸せなのね。よかったぁ」

満面の笑みを浮かべて菜々美が透の背中を力一杯たたく。

「そうだ、透くんの好きなパンがあるよ」

滋野がバスケットからくるみパンとカンパーニュを皿に盛って透の前に置いた。夕食を食べたばかりだったが、肌に馴染んだパンとコーヒーの香りに誘われ、他愛のない会話を交わしながらごちそうになった。コーヒーを飲み終え、お金をテーブルに置いて立ち上がる。

「ごちそうさまでした。滋野店長のパンと菜々美さんの淹れてくれたコーヒー、すごく美味しかったです」

滋野と菜々美が店の外まで送ってくれた。辺りは静かで街灯が夜空に滲むように灯《とも》り、時折冷たい風が頬を撫でていく。

「透くん、何かあったの？　よかったら話してみてよ」

静かに問う滋野の声が闇の中に溶け出し、透は虚を衝かれて瞠目する。

「何か元気がないから、あたしも気になってた。透ちゃん、どうしたの？」

口々に様子をうかがってくれる二人に、喉元に熱い塊が込み上げてきた。

「……僕、間違ったことをして……和臣さんに、嫌われちゃったんです」

それだけ言うと、きゅっと唇を噛みしめる。

滋野も菜々美も信頼しているが、これまで一度も自分の事情を打ち明けたことがなかった。家族のことはもとより、金銭的な面も苦労している生活も、一言も口にしたことがない。それなのに、今は二人に促されて素直に打ち明けることができた。そのきっかけをくれたのは和臣だ。

出会ったばかりの頃、風邪で倒れた日、看病をしてくれた和臣に初めて自分の事情を話して聞かせた。重い内容だったのに和臣は嫌な顔ひとつせず話を聞いてくれた。胸の内を打ち明けられる安心感をくれた相手を、自分は怒らせてしまったのだ。

冷ややかな和臣の声が耳を離れない。勝手に部屋に入ってしまった自分は、見限られて当然だ。

（僕のことを信頼して、陽太くんの世話係にしてくれたのに……）

柳眉を吊《つ》り上げた和臣を思い出すたびに、胸がひりひりと痛む。

「それなら、謝るしかないよ」

滋野の言葉に、透は顔を上げた。

「でも……僕……」

「透くん」

滋野が真面目な顔で、真っ直ぐに透を見て言った。

「人間だから失敗することは誰でもあるよね。間違って誰かを傷つけた時、許してもらうための言葉がある。何かわかる？」

「え……？」

「ごめんなさい、だよ。仲直りできる魔法の言葉なんだ」

滋野の言葉に、強張っていた体からふっと力が抜け落ちる。

「魔法の言葉……」

「そうだよ。心を込めて使ってごらん。きっと仲直りできるよ」

滋野がメガネの奥の目を細めてにっこり笑い、菜々美は彼の隣で頷いている。

（……そうか、そうだよね。和臣さんに、もう一度ちゃんと謝罪しよう……）

今度は途中で逃げ出さず、許してもらえるまできちんと謝らないといけない。透はぐっと拳を握って二人に頭を下げた。

「……話を聞いてくれて、本当にありがとうございます」

「いつでも相談に乗るよ。オレは透くんの兄貴分だ」

「あたしも応援してるから。元気出してね、透ちゃん」

優しい声に励まされ、透は大きく手を振って踵を返した。

重い幕が下りたように暗くなった街を足早に歩き、電車を乗り継いで結城邸へ戻る。

もうネット会議や仕事は終わった頃だろう。透は真っ直ぐに和臣の部屋の前まで急ぐと呼吸を整え、デイパックを下ろして、部屋の扉をノックした。

「どうぞ」

「……失礼します」

扉を開けると、デスクで何か書類を書いていた和臣が驚いて顔を上げた。

「透？　どうした？」

和臣の表情からは、昼間の剣呑な空気は消えている。

「あ……の……今、よろしいでしょうか？」

「……そんなところに立ってないで、こちらへ来てくれ」

和臣が立ち上がり、扉口で立ち尽くしている透にソファへ座るよう促した。

「失礼します」

おずおずとソファに腰かけた透と向かい合うように和臣が座った。透は膝の上の拳を握りしめ、勇気を振り絞って深く頭を下げる。

「……勝手に部屋に入って……本当にすみませんでした」

「もういいんだ。頭を上げてくれ、透」

その声に恐る恐る顔を上げると、和臣が困ったように眉を下げていた。

「私の方こそ、大人げない態度を取ってしまった」

反省を滲ませる表情で切り返され、透は強く首を横に振る。

「悪いのは僕の方です。和臣さんが怒るのは当然で……」

「違うんだ。私は絵を描くのが得意ではない。透は人の心を癒すような絵を描くし、陽太も八歳とは思えないほど絵が上手だ。だから私の絵を君たちに見られたくないと思っていた。バツが悪くてあんな態度を取ってしまったんだ」

（それじゃあ……、怒ってたわけじゃないんだ……？）

「君たちに嫌な思いをさせてしまった。本当に申し訳ない」

「いえっ、僕の方こそ……」

すみませんでした、と再び頭を下げようとした透を和臣が制した。

「もうやめよう。互いへの謝罪でこの件は終わりだ」

いいね、と念を押されて、透はようやく肩の力を抜いた。謝りにきてよかった。その勇気をくれた滋野と菜々美に対する感謝の気持ちが込み上げてくる。

「それにしても……和臣さんが絵を描かれるなんて、僕、知りませんでした」

透がぽつりと呟くと、和臣が小さく肩をすくめた。

「透と出会ってから描き始めた。忙しくて時間がなかなか取れないし、下手だ」

「いいえ、下手じゃないです。とてもあたたかな絵だと思います」

モデルの女性のやわらかな表情からは、慈愛にも似た深く強い愛が感じられた。きっとあの女性は、いつもあんな優しい眼差しで和臣を見ているのだろう。同じように和臣も彼女を心から愛しているから、見る側にあたたかみを感じさせる絵になっている。

「そう言ってもらえるとうれしいよ。上手ではないが、気持ちは込められていると思う」

端整な和臣の顔にゆっくりと笑みが広がるのを見て、無意識にその笑顔から目を背けた。

(和臣さんは絵のモデルになった恋人のことを、こんなにも深く愛してる……)

そう思うと体の芯から急激に熱が奪われ、胸の奥が抉《えぐ》られるように軋《きし》む。

唇を噛みしめてうつむいた透に、和臣が小首を傾げた。

「透、どうかしたのか？」

「いえ……お仕事で疲れているのにすみませんでした……」

「もうこんな時間か。君もゆっくり休んでくれ」

透がソファから立ち上がると和臣が扉のところまで見送ってくれた。透はゆっくりと廊下を歩き、自室に戻る。

ドアを閉めると同時に扉に背を預け、その場にしゃがみ込んでしばらく膝を抱えた。

バスルームで湯を張っても、もやもやとした気持ちが消えず、和臣が描いていた美しい女性がくっきりと脳裏に去来した。

「和臣さんの恋人……」

声に出すと、さらに体温が奪われたように手足の感覚が鈍くなる。

バスルームのあたたかな湯気に包まれて、気持ちを落ち着けようとするが、霧がかかったように胸の内が霞《かす》んでいる。

(僕……どうしちゃったんだろう)

和臣に出会うまで感じたことのなかった不可解な感情に動揺している。

初めて和臣に会った時、きれいな人だと驚いた。口調が少し偉そうで怖い感じだったけど、格好よくて魅力的で、その上、世界的な企業のＣＥＯで……住む世界が違う人だと思いつつも憧れを抱いていた。

誰にも言えなかった過去を話した時、和臣は静かに受け入れてくれた。そんな彼の役に立ちたくて、結城邸で働くことを決めた。

幸せになってもらいたいと思うのに、和臣が絵の女性を抱きしめるところを想像すると、鋭利な刃物で胸を刺されるような痛みを感じる。

「この気持ちは……もしかして……嫉妬？」

まさか、と透は煩悶《はんもん》する。同性にこんな気持ちを抱くはずがない。そう否定しようとするのに、胸に絡まる糸が解けない。

「和臣さん……」

呟くと同時に和臣の顔が眼裏に浮かび、息苦しいほど強い疼きが全身を駆け抜ける。

（……僕は、和臣さんのことが好きなんだ……）

体の芯から込み上げてくる感情に、透は和臣への恋心を自覚した。

いつからかは、はっきりわからない。きっと彼に惹《ひ》かれるのは必然だったのだろう。

「好き……なんだ。僕は和臣さんのことが……いつの間にかこんなにも……」

声に出して認めた刹那、冷えきっていた心に熱い感情がどっと広がった。尊敬とか、憧れという気持ちだけじゃない。初めての恋心を自覚した透は、引き攣《つ》るように痛む胸を押さえ、大きく息を吸う。

（でも……和臣さんには恋人がいる……）

報われることのない、気持ちを伝えることも許されない恋……気づいたと同時に終わっている恋なのだと理解し、ぐっと胸元で両手を握りしめた。

「この気持ちを和臣さんに知られちゃいけない……」

同性である自分が想いを寄せていることを知ったら、和臣は困るだろう。

（この想いを告げることができなくても……和臣さんのそばにいるだけなら許されるよね……。誰にも迷惑かけないようにするから。そばにいて……和臣さんの役に立ちたい）

入浴後、電気を消してもなかなか眠れず、何度もベッドの中で寝返りを打つ。

脳裏に浮かぶのは、和臣が描いた女性の絵と、その絵を褒めた時の、はにかんだような彼の笑顔だ。

（僕にできること……陽太くんの世話役をしっかりやり遂げて……和臣さんを安心させたい……）

心の中で何度も繰り返していると、ようやく浅い眠りが訪れた。


透は翌朝、いつもの時間に起きて、螺旋階段で一階まで降りた。ふと、リビングの周囲がいつもより騒めいていることに気づき、何かあるのかと思いながら中に入った。

広大なリビングは、大きなソファセットや本格的な暖炉が設置してある。今までは使用していなかったその暖炉に、今朝は火が入っている。そして暖炉を囲うように置かれたカウチソファに、和臣と陽太が並んで座っていた。

陽太と談笑していた和臣がふっと視線を上げ、ゆっくりと透を見つめた。

「あ……」

目が合った途端、心臓が小さく跳ねる。

（和臣さん……）

透は胸の中で切なく彼の名を呟き、あふれそうな気持ちを抑えながら笑顔を向ける。

「おはようございます、和臣さん、陽太くん」

「透、おはよう」

「おはよう、折原さん。こっちへ来て、座ってー」

陽太がカウチソファの隣をポンポンと手でたたいている。透は促されるままそこへ腰を下ろした。

「陽太くん、今朝は早いね」

「うん、今日は写生大会があるんだよ。すごく楽しみー」

うれしそうに笑う陽太に、透は「よかったね」と微笑みを返す。

顔を上げると、陽太を挟む形で座っている和臣と目が合い、落ち着かせたはずの胸の鼓動が再びトクトクと速まってしまう。

（……和臣さんには恋人がいるのに……ひとりでときめいて……僕は馬鹿だ……）

和臣が描いているあたたかな絵が脳裏に蘇り、惨めな気持ちになりかけた瞬間、穏やかな声音で現実に引き戻される。

「透、今朝は徳川が買い物に出ている。一時間ほどで戻ると言っていた。それから、今日から暖炉の試運転をすることになった。エアコンとは違う自然な暖かさがいいだろう？」

まだ暖房など必要ない季節だと思っていたが、街路樹が紅々とした葉をつけ始めて間もなく、肌寒さを感じるようになってきた。特に今朝は一段と気温が下がったことで透は厚手のカーディガンを羽織っている。

「は、はい。僕、本格的な暖炉を見たのは初めてです」

和臣に話しかけられると、体の奥にぽっと火が灯ったように感じ、どうしても平常心でいられなくなる。熱を帯びた頬を隠すように、うつむきがちに話していると、和臣の秘書が呼びに来た。

「失礼いたします。和臣様、関連企業から問い合わせのＦＡＸが数点、届いております。それから重忠様からも」

秘書が和臣に数枚の用紙を手渡した。

真剣な表情で渡された書類にざっと目を通した和臣は、顎に手をかけ秘書に命じる。

「――わかった。結城工業本社へ企画書をメールしてくれ。関連企業への返事は車内で書く。準備を至急、頼む」

「はっ」

和臣は透と陽太に顔を向けると、ふっと表情を和らげた。

「透、陽太、それじゃあ行ってくる」

「行ってらっしゃい！」

二人で和臣を見送った後、検温を終えた陽太がランドセルを背負って山崎の運転する車で登校する。

「陽太くん、気をつけて。行ってらっしゃい」

大きな声で見送ると、陽太が笑顔で手を振り返した。

その後、透は食事を摂った。遅くなったので食堂を利用している使用人は少ない。透が挨拶しても
やはり無視されたが、髪を切った後は不審感を払拭できたのか、それとも陽太の世話係としてそれな

りに認めてもらえたからなのか、前のようにわざとらしく食堂から立ち去られることはなくなった。

食べ終わると控室へ行き、買い物から戻った徳川の仕事を手伝う。今日は結城邸の各部屋の改装や改築について、資料を見ながらパソコンで打ち込んでいく作業だ。結城邸は二年前に建物全体を改装しているらしい。和臣が結城グループCEOに就任した年、重忠が都内の高級マンションを複数購入し、悠々自適な隠居生活を送っていると雑誌に書いてあったことを思い出す。

(重忠氏が都内へ移った後も、美也子さんは結城邸に残った。ということは二人はもう二年も離れて暮らしているのかな)

透が知る限りパーティでも二人が仲睦《むつ》まじげに行動している姿は目にしなかった。陽太の母のことを思うと、重忠と美也子の仲はすでに冷えきってしまっているのだろうか。

データーを入力していると、あっという間に三時を過ぎた。陽太が帰宅する時間になったので、リビングで徳川と陽太を迎える準備をする。

「ただいまー」

リビングに入ってきた陽太がランドセルを徳川に預け、抱きついてくる。陽太が元気でいることや慕ってくれることがうれしくて、笑顔で彼の背中をぽんぽんとたたきながら声をかける。

「お帰りなさい、陽太くん。写生大会はどうだった？　疲れなかった？」

陽太は「大丈夫だよー」と笑って、暖炉の前にあるカウチソファにちょこんと座った。

「聞いてー、山根くんと一緒に消防車を描いたんだよ。ボクの絵を見た山根くん、すげー上手って驚いてた。それからね……」

楽しかったことを話しながら、陽太が首から下げているお守りのペンダントを引っ張って両手でぎゅっと握った。透は隣に座り、目を輝かせて話す陽太の声に耳を傾ける。

(陽太くんが学校で楽しく過ごせているようでよかった……)

その後、透が自宅から持ってきたスケッチブックを広げながら談笑していると、ノックもなくリビングのドアが開いた。

瘦せた体に上等なワンピースを纏った美也子が、使用人を連れて入ってくる。細い目が冷淡な印象なのは、パーティで挨拶を交わした時と変わらない。

これまで美也子が海外旅行に行っている間、結城邸で彼女の存在を感じることはなかった。しかし、威厳のある態度を見ると、彼女がこの屋敷の主なのだと実感する。

背筋を伸ばした美也子がカウチソファに座っている陽太と透を見下ろした。透の隣で小さな体がビクンッと揺れる。どこか怯《おび》えるような仕草に、透は陽太の肩にそっと手を置いた。

「陽太、二週間ほど前、熱を出して学校を休んだと聞いたけど、今はちゃんと学校へ行ってるの？本当に困った子――」

暖炉を背にして、美也子が陽太の前に立った。

「家で絵ばかり描いているから不健康なのよ。少しは外で遊んだらどうなの。そんなんじゃ将来の結城グループを任せられないわ」

彼女の言葉からは思いやりが伝わってこない。風邪をひいた陽太のことを心配しているというより、病弱なことを責めているように聞こえる。

「母さま、ごめんなさい」

「もう絵なんて、描くのをやめたらどうなの」

「……っ」

陽太の顔がみるみる蒼白《そうはく》になった。

使用人たちは口を挟むこともできず、同情するような眼差しで頭を下げる陽太を見つめている。

「……絵を描くことと健康は関係ないと思います」

怯えている陽太をかばうように透がおずおずと声を上げた。

ゆっくり美也子の視線が動き、陽太の隣に座っている透を見据える。冷え冷えとした瞳を向けられ、首筋に氷の塊が滑り落ちてきた気がした。

「たかが陽太の世話係の分際で、生意気なことを」

「…………」

美也子の冷たい声音が部屋に響いた後、重苦しい沈黙が広がった。

絵を描くことが好きな陽太にあの言い方はないと思ったが、生意気だと言われて分不相応だったと身を縮める。そんな透の戸惑う空気が伝わったのか、美也子の赤い唇がおかしそうに歪んだ。

「……和臣は何を考えてここにどこの誰ともわからないこんな男を連れてきたのかしら……ねえ、陽太もそう思わない？」

「母、さま……」

陽太はこくんと唾を呑み込み、首元のペンダントをきゅっと摑んだ。その拍子に、シャラッと軽いチェーンの音が響く。

「あら、そのペンダント――」

陽太の胸元で輝くペンダントに気づき、美也子の片眉がぴくりと跳ねた。

細められた美也子の目に力が籠もる。みるみるうちに吊り上がる眦《まなじり》に、透は嫌な予感がして腰を浮かせた。しかし、止める暇もなかった。

マニキュアを塗った爪が素早くペンダントを摑み、力任せに引きちぎる。

「かっ、返して……母さま……っ」

陽太の叫び声を無視して、美しい顔を醜く歪めた美也子が、改めて手中のペンダントを見つめた。

「こんなもの――」

語尾を震わせ大きく手を振り上げると、美也子は躊躇なく陽太のペンダントを暖炉に投げ入れた。

明々とした炎があっという間にペンダントを呑み込んでしまう。

「あ……っ」

陽太が口を開けたまま、啞然と暖炉の前に立ちすくむ。

何が起こったのかわからずにいた透だが、すぐに我に返って叫んだ。

「なっ、何をするんですか！　誰か暖炉の火を消してください、早く！」

その声を遮るように、美也子の甲高い声がリビングに響き渡る。

「――暖炉の火を消してはなりません。これはわたくしの命令です」

使用人たちは誰も動かずきまり悪そうに美也子の顔と暖炉を交互に見つめている。静まり返った室内に、暖炉の火が燃える音だけが空《むな》しく響いた。

（あれは陽太くんの宝物なのに……）

透は周囲を見渡し、暖炉のそばにあった火かき棒を握りしめる。考えるより早く暖炉の前に膝をつき、炎の中に火かき棒を突っ込んだ。

「火傷《やけど》するぞ！」

「暖炉に手を入れるなんて無茶だ！」

固唾を呑んで見ていた使用人たちから悲鳴のような騒めきが起こる。

ペンダントは暖炉の奥に投げ入れられたので、さらに前のめりの姿勢で火かき棒を掻き回す。

「折原さん、もういいよ！　火傷しちゃう！」

陽太の必死な声が聞こえるが、透の頭の中はペンダントのことしかなかった。

汗が目に入り、熱さで視界が揺らぐ。火が大きくてペンダントがよく見えない。薪《まき》を掻き分け、火かき棒でさらに暖炉の奥へ手を入れると、騒めいていたリビングに、凛とした声が響いた。

「どうした。なんの騒ぎだ？」

和臣だ。暖炉前に集まっていた使用人たちが、和臣に止めてもらおうと思ったのか、ざっと道を開ける。

「――透？　何を……っ」

陽太が弾かれたように和臣に駆け寄り、かすれた声で訴える。

「か、和臣兄さま、折原さんはボクのペンダントを探してくれてるの」

震える陽太と、そばに立つ美也子を見て、和臣は状況を瞬時に理解したようだ。

「すぐに水を……っ」

叫んで、和臣は窓辺の大きな花瓶の花を摑んで床に落とし、中の水を勢いよく暖炉にかけた。

振り返って使用人たちに叫ぶ。

「すぐに暖炉の火を消すように！」

「は、はいっ！」

鋭い和臣の声に、リビングにいた使用人たちがようやく動き出す。

「陽太くんのペンダント……あ、見えた！　あそこだ……」

水をかけて炎が弱まり、ようやくペンダントを見つけられた。火かき棒の先でチェーンの部分を引っかけ、暖炉からペンダントを取り出す。すすで少し黒くなっているが、形は変わっていない。直接火に炙《あぶ》られる場所から離れて落ちていたようだ。

透は立ち尽くしている陽太に笑顔を向ける。

「ペンダントは大丈夫だよ。今は熱くなってるから気をつけてね」

ハンカチにくるんでペンダントを手渡すと、陽太は両手でそれを受け取り、胸の前でぎゅっと抱きしめた。

「あ、ありが、と……」

陽太が途切れ途切れに礼を言う。その直後、素早く透のそばに来た和臣に痛いくらいの力で肩を摑まれた。

「——火傷をしているかもしれない。すぐに来てくれ！」

その剣幕に驚きながらも、首を横に振る。

「僕は平気です」

「ダメだ！」

和臣に連れられて部屋を出ようとした時、美也子が冷ややかに言った。

「まあ、ずいぶんと陽太の世話係を気に入ってるようね。さっきから透、透と耳障りだこと」

その挑発的な言葉に、和臣が白皙《はくせき》を強張らせた。彼の瞳に憤怒の色が浮かんでいる。

「——陽太を傷つけるようなことはしないでくださいと言っておいたはずです。それから、透を侮辱することは許さない」

剝《む》き出しの感情をぶつけるように熱を帯びた声で告げ、険を孕む表情で美也子を一瞥《いちべつ》すると、和臣はすぐに透を連れてリビングを出た。

「主治医を呼んでくれ！」

和臣は近くにいた使用人にそう命じ、透を大きな洗面台の前に立たせ、右腕に勢いよく水をかける。

「痛いかもしれないが、しっかり冷やさないと水ぶくれになる。しばらく我慢してくれ」

「僕は大丈夫で……痛っ……」

水が右手に当たると、チリチリとした痛みに襲われ、顔をしかめる。

「陽太のペンダントのためとはいえ、暖炉の中に手を入れるとは……」

低い声音で囁かれ、怒っているのかと不安になり、そっとうかがうように和臣を見つめる。するとその視線に気づいたのか、茶色の双眸がふっと和らいだ。

「頼むから、これ以上心配をかけないでくれ。心臓がいくつあっても足りない」

苦笑気味に、でもどこか不安げな瞳の奥に和臣の揺れる気持ちを垣間見《かいま》た。

（心配されてる……。和臣さんは僕を心配してくれている）

そう思った途端、想いを寄せる相手から気にかけてもらえた喜びに、胸の辺りがほっこりと熱を持つ。

（やっぱり僕は、和臣さんのことが好きだ……）

気持ちを伝えられなくても、報われることがなくても、ただ、そばにいられるだけでいい。そう、改めて思えた。

透は深呼吸して、後ろから支えるように立つ和臣をゆっくり振り返る。

「和臣さん……お仕事は？」

「都内の仕事が早く片付いた。午後から結城産業の香港《ホンコン》支社とネット会議が入っているが、これは秘書の代理で差し障りない。いや、君は私の仕事の心配までしなくていい。こんな無茶をして――」

「心配をかけてしまって、すみません」

和臣は眉根を寄せて首を振る。

「……君が謝ることはない」

右手を冷やした後、結城邸の主治医が手当てをしてくれた。すぐに冷やしたのがよかったようで、右手全体に薬を塗っただけで治療が終わった。

「――本当に、大事にならなくてよかった」

透を部屋に戻した後、和臣はそのまま透の部屋のソファに座り、ほっとため息をつく。

その直後にノックの音がして、陽太が徳川と共に部屋に入ってきた。彼らの後ろにワゴンを押した使用人が二人ついてきている。透が何事かと目を瞬かせていると、使用人がテーブルの上に食事をセットして、おずおずと言葉を発する。

「あの……先ほどは何もできずに申し訳ありませんでした」

「え？」

「陽太様の大切なペンダントと知っていたのに……。我々は折原さんの勇気に深い感銘を受けました。これまでの失礼な態度をお許しください」

頭を下げる使用人たちに、透はあわてて「いいえ、そんな……」と両手を振る。

「お疲れでございましょうから、今夜は陽太様のお部屋ではなく、こちらで夕食をお召し上がりください。白身魚のムニエルと茄子《なす》の煮浸し、かいわれとじゃこのサラダをお持ちしました」

どれもこれも透の大好物だ。透はテーブルの上の料理と使用人たちを交互に見て、その心遣いに頬をゆるませる。

「ありがとうございます」

透の感謝の言葉に恐縮しながらも一礼し、使用人たちはワゴンを押して部屋を出て行った。

次の瞬間、陽太が勢いよく飛びついてきた。後ろによろけそうになりながら、小さな体を受け止める。

「……折原さん、ありがと……」

「ううん。ペンダント、大丈夫だった？」

髪を撫でながら尋ねると、陽太がぱっと顔を上げて満面の笑みを浮かべる。

「折原さんが暖炉から探してくれたおかげで、大丈夫だったよ。見て」

陽太が両手でハンカチに包んだペンダントを見せる。徳川が磨いたのか、黒く汚れたところがきれいに落ち、チェーンは新しいものにつけ替えられていた。

「ああ、よかった……」

透が胸をなで下ろすと、ふいに陽太の目から大粒の涙がボロボロとこぼれ落ち、ぎゅっとしがみついてきた。

「う……熱かったでしょ。透さん……」

きっと陽太は責任を感じているのだろう。とっさの行動だったとはいえ、怖い思いをさせてしまった。

透は申し訳ない気持ちで、涙に濡れた陽太の頬を両手で包み込む。

「薬を塗ったから、もう大丈夫。全然痛くないよ。それに今、僕のことを名前で呼んでくれたね。すごくうれしい」

目線を合わせて陽太の涙を拭い、安心させるようにやわらかな体を強く抱きしめるが、力の加減がわからず、腕の中で陽太が身じろいだ。

「透さん、苦しいよ……」

くぐもった声にハッとして腕をゆるめると、陽太が照れたように笑った。

「陽太、今回のようなことは二度と起こらないようにする」

「和臣兄さま……」

陽太が和臣を見上げてこくんと頷くと、和臣が徳川に視線を移した。

「徳川、今日は陽太についてやってくれ」

「かしこまりました」

陽太と徳川が部屋から出て行くのを見届けて、和臣が居住まいを正した。

「私からも、陽太のペンダントを守ってくれた礼を言わせてくれ。透、ありがとう」

頭を下げられて、透はあわてて首を振る。

「いいえ、そんな……和臣さん、顔を上げてください」

懇願するような透の声に、和臣がゆっくりと顔を上げる。その顔には、申し訳ないと言わんばかりの苦渋が浮かんでいた。

「あの……美也子さんはどうして、あんなことを？」

いきなりペンダントを暖炉の中に放り込むなんて……。信じられないという思いと共に尋ねると、和臣が表情を曇らせた。

「あの人は——美也子は陽太に対して普段は無関心なのだが、ペンダントを目の当たりにしたことで、自分を抑えられなくなったのだろう」

「陽太くんのペンダントを見て？」

「そうだ。あのペンダントは、父が陽太の母親に贈ったものだ」

「それって……」

夫が愛人に贈ったプレゼントを見て、美也子は嫉妬に駆られたのか。

(……意外だけど、美也子さんは今でも重忠氏のことが……？)

透がそんなことを考えていると、和臣が表情を強張らせながら、膝の上で両手を組んだ。

「美也子は一度激昂《げっこう》すると感情が抑えられなくなる。私が陽太くらいの頃、何度も同じようなことがあった。だから陽太を同じ目に遭わせたくなかった……」

爪が食い込むほど強く手を握りしめ、壁の一点を見つめたまま、静かに落とされた和臣の言葉に胸が軋む。

透の中で陽太が和臣に重なり、大切なものを踏みにじられ、傷つけられた少年の和臣が、茶色の瞳を潤ませ、懸命に涙を堪えてその場にうずくまっている姿が瞼に浮かんだ。

泣くことは笑うことと同じくらい大切なことだと教えてくれ、透に涙を流すことを許してくれた和臣の優しさを思い出す。

「和臣さん……」

自分はかなり悲痛な表情をしていたのか、和臣が困ったように眉を下げた。

「昔のことだ。私のことは心配しなくて大丈夫。それより、近々美也子ともう一度話をしなくては。陽太と君を傷つけることは許せない」

はっきり言い切ると、和臣は精悍な顔を引き締め、透に意思の籠もった視線を向けた。

「陽太のためだけでなく、私にとっても君がここに来てくれて本当によかった。ありがとう、透」

思ってもみなかった感謝の言葉をかけてもらい、透は両目を大きく見開いた。結城邸に呼んでもらい感謝しているのは自分の方なのに、和臣の真摯な言葉に鼻の奥がつんと痛くなる。

「いいえ、僕の方こそ……和臣さんと出会えて、そばにいられるだけですごく幸せで……」

ハッとして透は口をつぐむ。思わずありのままの気持ちを告げてしまいそうだった。

「……す、すみません。僕、結城邸で過ごせて本当に幸せで……えっと……」

狼狽《ろうばい》しながらも言い直すと、茶色の双眸が何かを探るように向けられ、透は顔が熱くなるのを意識しつつ、視線を彷徨わせた。

室内に沈黙が広がり、気まずさを感じながらおずおずと顔を上げると、和臣はまだ透を見つめていた。

その強すぎる視線に鼓動がドクドクと逸《はや》り、体全部が脈打つように肩が上下する。

これ以上、沈黙には耐えられないと口を開きかけた時、和臣が先に言葉を発した。

「透、恋人はいるのか？」

「え？　恋人……ですか？　い、いませんけど……」

唐突な質問に上ずった声で答えると、和臣が真顔で重ねて尋ねる。

「君は周りを魅了する容姿を持っているし、謙虚で慎ましい。それなのになぜ、恋人がいないんだ？」

こちらがたじろぐような突っ込んだ質問に、透は小さな声で答えた。

「……アルバイトで忙しくて……」

「そうだったな」

低い声で呟いた和臣が、口元に手を当てて思案している。彼の考えていることはわからないが、話の流れから、二十歳にもなって恋人がいない自分を呆れたり引いたりしているのではと深読みしてしまい、羞恥で頰が上気する。再び沈黙が広がったタイミングで、透の口から疑問がこぼれ落ちた。

「か、和臣さんの恋人は、すごくきれいな方ですよね。……何をされている方なんですか？」

とっさのこととはいえ、今の自分の言葉に、胸の奥がすーっと冷たくなっていく。できれば避けて通りたい話題を自ら振るなんて間抜けなことをしてしまった。

「私の、恋人？」

怪訝な表情になった和臣の反応に、これ幸いと話題を変えたかったが、そうもいかないようだ。いつまでも剝《は》がれない視線に観念し、胸の軋みを抑えながら重ねて尋ねる。

「和臣さんが描いている油絵の女性です。……海外でお仕事をされているんですか？」

その質問でようやく合点がいったのか、和臣は薄い笑みを浮かべて首を横に振った。

「何か勘違いしているようだが、あの女性は恋人ではない。……私の母だ」

「──え？　母って……お、お母さん？」

あまりの驚きにオウム返しにすると、和臣が苦笑気味に頷く。

「そうだ。私と別れた時、母はまだ二十八歳だった。あの絵は数少ない母の写真を見て描いている」

「で、でも……和臣さんには外国人の恋人がいると聞いて……」

「そういう噂《うわさ》があるようだが、私には特別に付き合っている女性はいない。仕事が忙しくて、なかなかそういう気持ちになれない。私は母の写真を手帳に入れている。それを見た誰かが誤解して、そういう噂につながったのだろう」

（……和臣さんには恋人がいない……？　ほ、本当に……？）

放心状態の透から視線を外し、和臣が静かに口を開いた。

「――父は財閥の流れを汲む結城家の嫡男で、若い頃から多くの愛人を囲っていた。君に話していなかったが、私の実母も愛人のひとりだ」

そのことは以前、隆文から聞いて知っていたが、透は黙って耳を傾ける。

「母の名前はアニーシャという。ロシアから語学留学に来た学生だった」

透は「あっ」と思って口元を手で押さえた。

（和臣さんはハーフなんだ。それで和臣さんの髪と目の色は明るい茶色で、肌の色も白くて……）

聞かされた事実と和臣の容姿を重ね合わせて納得していると、和臣が過去を思い出すような遠い目を、墨を流したような闇が広がる窓へ向けた。

「私は母に似ているから、なおのこと美也子の怒りを買ったのだろう」

あまりに静かな声に透は何も言えずにただ黙って彼を見つめる。透にはわからない複雑な感情が和臣の表情を強張らせている気がするが、それが何かはわからない。

それから和臣は淡々と、七歳の時にアニーシャと共に結城邸に連れてこられたこと。そして美也子から執拗な嫌がらせを受け、わずか一年でアニーシャはロシアに帰国してしまったこと。アニーシャが和臣をロシアに連れて行くことを跡取りは多いほどいいという考えの重忠が許さなかったこと。アニーシャはロシアに戻って四年後に病死したこと……それらを語った。

「……私がもう少し大人で、母の苦しみに気づいていれば……守ってやれたかもしれない。母の絵を描きながら、心の中で謝罪していた」

昔を思い出しているのか、和臣は眉根を寄せて、茶色の双眸を苦渋に歪めている。

「和臣さん……」

その表情や言葉から彼がどれだけ母を愛しているのかが伝わってきて、透は両手の拳を強く握りしめた。

守りきれなかった彼の後悔が、両親を事故で失った透自身と重なる。

何事にも動じない、優秀なCEOだと思っていた和臣が、飾りのない言葉で語った母親との過去に、彼も自分と同じ悲しみを抱えているのだと知り、今まで遠い人のように感じていた彼に対して、初めて親近感を覚えた。

何かを思い切るように和臣は真っ直ぐな視線を透に向けた。

「……すまない、透。君と陽太に絵を見られた時、バツが悪いだけだと言ったが、本当は違う。母と二人だけの思い出を知られたくないと思った。父にとっては愛人のひとりにすぎなくても、私にとってかけがえのない母だ……。それを守ってあげられなかった……」

切々とした和臣の声音には、後悔ややるせなさ、苦悩が滲み出ている。そんな彼にどんな言葉をかけていいのか、透にはわからない。それでもどうにか言葉を探す。

「お母さんが亡くなったのは、和臣さんのせいじゃありません。だからもう、自分で自分を傷つけるのはやめてください」

「………」

「和臣さんはとても優しい。僕のような人間にも……。それに社会的地位と財力を持つ立派な成功者です。きっとお母さんも天国で和臣さんのことを誇りに思ってるはずです」

和臣を救ってあげられるような言葉を贈りたいのに、今の透にはこんな使い古された言葉しか出てこない。そんな自分の拙さに眉根を寄せると、和臣がうっすら笑った。

「私より君の方が優しい。慰めてくれてありがとう」

どこか捉えどころのない淡い微笑に胸が騒めき、体の奥から込み上げる感情に圧されるように口を開く。

「慰めようと思って言ったんじゃありません。僕は……僕は和臣さんのことが好きで……あっ」

和臣への恋心を抑え込もうと思っていたのに、うまく伝わらないもどかしさに気持ちが昂《たかぶ》り、告白に近いことを口走ってしまった。

和臣の表情が一変し、驚いたように呆然として透を見つめる。

「いっ、いいえ、間違えて、しまって……」

動揺して立ち上がると、足がテーブルにぶつかり体が後ろへ傾く。倒れそうになった体を和臣が抱き留めてくれた。

「――大丈夫か？」

「は、はい……ありがとう、ございます。……あの、僕……」

和臣が真剣な面持ちでじっと透の目を見ている。

「――透」

「……はい……」

茶色の瞳がかすかに揺れていることに気づき、心の中を見透かされるような焦燥感に狼狽《うろた》えた。

（このまま目を合わせていたら、僕の気持ちを和臣さんに気づかれてしまう……）

うつむいて必死に感情を抑え込んでいると、頭上から和臣の声が聞こえてきた。

「君が今言った『好き』というのは、尊敬しているという意味か？　それとも、想い人に対する『好き』なのか？」

「……っ！」

誤魔化《ごまか》す間もなく確信を突かれて、頭の中が真っ白になった。

何か言わなければと思うのに、口が思うように動かない。透はからからに渇いた喉に唾を送り、小さく鳴らした。

「……あっ、あの……ぼ、僕……」

（尊敬している意味の好きです、って答えないと……）

そう思っても、喉の奥に熱い鉛を埋め込まれたように息苦しくなり、言葉を紡げない。

大きな手が顎にかかり、強引に上を向かせられ、目線を合わせられた。

和臣の表情はいつも以上に真剣で、切れ長の双眸に見つめられた瞬間、透は身を震わせた。

（だめだ……このままじゃ、本当に和臣さんに……）

和臣の厚い胸板に手を当て逃れようとした直後、肩に腕が回され、上半身ごと引き寄せられた。

「答えてくれ、透」

彼の広い胸に抱き込まれる形になり、こくっと喉を鳴らす。

「和臣さん……は、離してください……」

身じろぐ透を抱きしめたまま、和臣は気持ちを落ち着けるかのようにしばらく動かなかった。

やがて腕をゆるめると、透の両肩に手を置き、かすかに眉を寄せる。

「透……、この際だからはっきり言っておく。私と君は年が十三も違う」

「和臣、さん……？」

それがどうしたというのだろう。いきなり年齢のことを言われて、戸惑ったまま和臣を見つめる。

彼はゆっくりと頭を振り、痛みに耐えるかのように眉根を寄せ、口を開いた。

「それに……私と透は同性だ。君にとって恋愛の対象にはならないかもしれない。それでも私は……君のことが好きだ」

「…………」

呼吸が止まり、呆然と目を見開いて和臣を見つめる。一瞬、何を言われたのか理解できなかった。

和臣は熱を帯びた眼差しを真っ直ぐこちらに向けている。透は無意識のうちに祈るように両手を胸の前で強く握りしめていた。

「好きだ、透」

繰り返される告白を耳にしても、まだ信じられない。

「そんな……か、和臣さんが、僕を……？　う、嘘《うそ》……」

戸惑いに揺れる瞳を返すと、和臣が真摯な表情のまま告げる。

「同性の君にこんな気持ちを抱いていることに、私自身、驚いている。それでもこれほど強く惹かれたのは初めてだ。陽太のことを任せられる人物として、君のことを信頼しているが、それよりもひとりの人間として君が愛《いと》しい」

はっきりと噛みしめるように言い切った彼の言葉に、胸の底から震えが走る。

「……ほ、本当……？」

硬い声音で訊く透の両手を包み込むようにして、ゆっくりと和臣が口を開いた。

「最初に会った時、素直で一生懸命で、陽太と同じように絵を描くのが好きな君に親近感を抱いて、また会いたいと思った。君をアパートまで送った時、泣きながら途切れ途切れの言葉で家族のことを伝えようとしてくれた姿を見て、周囲を傷つけたくなくて必死に頑張っている子だとわかり、守ってやりたいと思った。君にならば陽太を任せられると思うと同時にますます興味を引かれた」

和臣は当時を思い返すようにひとつひとつ丁寧に言葉を並べる。

「今まで付き合ってきた女性は、私個人ではなく後ろにある結城グループを見ていたが、君は違う。君がそばにいると心が落ち着いて本当の自分でいられる。呼吸が自然とできる。家へ来てもらってからも君がこつこつ努力している姿を見てきた。そんな健気《けなげ》な姿が愛おしくて寝ている君の頬に思わずキスをしてしまった。そして暖炉の中のペンダントを懸命に探そうとする君に、はっきり好きだと自覚した」

切々と紡がれた言葉に、透は呼吸することさえ忘れて硬直する。

これは夢だろうか。

自分のような肩書も社会的地位も何もない人間が、和臣のそばにいられるだけでも幸福だと感謝していたのに、まさか和臣も同じ気持ちでいてくれたなんて……。

一心に向けられる和臣の熱い視線には嘘も偽りも感じられない。そこにあるのは透に向けられる想いだけだ。

それでも、彼にふさわしい人が他にいる気がしてならない。

透はじわじわと視線を落とした。

「……僕と和臣さんとでは、立場がまったく違います。僕には地位も財産も学歴も何もありません。なんの取り得もない僕は、世界的企業である結城グループを統括するＣＥＯの和臣さんにふさわしくありません」

大好きな人の人生を台無しにしたくない。このまま和臣の胸に飛び込みたい気持ちを払拭するように小さく頭を振り、湧き上がる恋情を懸命に抑える。

「そんなことは関係ない。私には君が必要だ。建前や上辺の言葉はいらない。君の気持ちが知りたい。透は私のことをどう思っている？」

真剣な眼差しで問う和臣を見つめ返し、透は息を詰める。彼の真摯な言葉に、分不相応だと自らを戒める気持ちが溶かされていく。

（和臣さんの言葉を信じたい……）

そう思った途端、胸の奥深くからあたたかさと切なさが混ざった感情が一気に込み上げてきた。彼への気持ちがあふれ出るように、薄く開いた唇から隠していた本音がこぼれ落ちる。

「……僕は……和臣さんのことが好きです」

自分のことを好きだと言ってくれた人を前に、これ以上、気持ちを隠すことはできなかった。

震える声で告げると、和臣の美貌がとろけるような微笑みへ変わる。

「透……もう一度言ってくれ」

ため息交じりに請われて、逸る気持ちをどうにか落ち着かせた。

同性であることも、年の差も、関係ない。

「僕は、和臣さんのことが好きです……」

言い切ると同時に背中に手が回され、強く抱きしめられた。逞しく張りのある感触とぬくもりを受け入れた直後、耳元に甘い囁きが落とされる。

「私も君を愛している。透……」

後頭部を大きな手で摑まれた。顔を上げた透が放心している間に熱い眼差しが近づき、温かな唇が重なる。

「ん……っ」

唇を塞がれて、頭の中が真っ白になり、動揺のあまり和臣の胸を押し返したが、逞しい彼の体はビクともせず、大きな手が愛撫《あいぶ》するようにうなじを滑る。

「……和臣、さ……ん……っ、んぅ……っ」

喘《あえ》ぐように声を上げた瞬間、唇を割って熱い舌が入ってきた。ぬるりとした感触に、肩を震わせる。舌先で口の中の粘膜を舐《な》め上げられ、濡れた音を立てながら舌先を擦られて、水音を立てて舌が絡まった。

（ふっ……あ……っ）

混乱が勝って首を振って逃れようとするが、やわらかく舌を擦り上げられ、膝から力が抜け落ちる。

（あ……和臣さんの舌……気持ちいい……）

舌先を吸われるたびに、意思に反して体が熱くなり、じわじわと心地よい痺《しび》れが広がっていく。

「ん……っ、く……っ、ぅ……」

疼くような感覚が背筋を駆け抜け、息苦しさに喉の奥で低く呻くと、それに気づいた和臣が深い口づけを解き、頬に優しいキスを落とす。

「透、大丈夫か？」

荒い呼吸を繰り返しながら、透は涙目で和臣を見つめる。透にとって生まれて初めてのキスだった。

自らの唇にそっと指先で触れると、まだ熱を持っているそこが火種となり、体の奥にある官能に火が点きそうになる。

「透、顔が真っ赤だ……」

「和臣……さん……ぼ、僕……心臓が……壊れそう……」

かすれた声を出すと、和臣がふっと息を吐いて透の手を取り、自らの胸に置いた。

「私も、緊張している」

「えっ、和臣さんも……？」

確かに手から伝わる彼の心音は、今の透と同じくらい速い鼓動を刻んでいる。自分と違って経験豊富だろう和臣もまた緊張していることに驚き、そんな彼がさらに愛しく感じられる。

「――透、君が欲しい」

欲情を孕んだ低い声音に、熱い感情が湧き上がる。それが血液のように体の隅々へ広がり、火が点いたように全身が疼き出した。

なんの経験もない透は本音を言うと、怖いという気持ちが強かった。それでも、透自身、和臣が欲しかった。決意を込めてつぶらな瞳を向けると、和臣が口を引き結び、そっと眉を寄せた。

「そんな可愛い顔をされると、理性を失《な》くしてしまう。まったく……君にはかなわない」

切なげな表情で苦笑した和臣が優しく頬を撫でる。そのままつむじにそっとキスを落とされ、コツンと音を立てるように、額と額を合わせた。

「和臣さん……？」

「透、私を受け入れてくれるか？」

甘く囁かれ、じわじわと新たな感情の波が押し寄せてくる。立場が違うとか、不釣り合いだとか、わかっていても彼の熱い眼差しに感情が抑えきれない。

息をするのももどかしいような気持ちで小さく首を縦に振り、彼の目を見つめたまま、熱を帯びた声で答えた。

「僕のすべては和臣さんのものです。だから……僕に触ってください。夢じゃないと、現実だと僕に教えてください……」

「透……」

和臣の手が優しく背中に回り、体がふわりと浮かぶ。あわてて彼にしがみつくと、天蓋付きの大きなベッドまで運ばれ、そっと降ろされた。

そのまま強く抱きしめられる。彼の胸に頬をぴたりとつけたままじっとしていると、室内が静けさに包まれ、彼の鼓動だけが聞こえた。

トクントクンと脈打つその鼓動を聞きながら、和臣が自分を求めてくれている、という思いが胸を甘く締めつけた。

(でも……大丈夫かな)

一応の知識はあるが、まだ一度も経験がない透は、和臣の期待に応えられるかどうか自信がない。

「和臣さん、僕……」

不安に揺れる透の気持ちに気づいた和臣が優しく微笑んだ。

「君は何も心配しなくていい。私に任せてくれ」

そう言い置いて和臣がベッドを降りてバスルームへ向かい、手にガラスのボトルを持って戻ってきた。

「これはローションだ。化粧水だが、何もないと君が辛《つら》いと思って」

「あ……」

おぼろげながらその用途を察し、首まで赤くすると、頬に和臣の手が触れた。頬から耳へと何かを確かめるように撫でられ、それだけで電流が流れたように背筋が震える。

「か、和臣さん……」

「好きだと言ってくれ」

「好きです……和臣さん……大好き」

言葉は口に出した後でさらに気持ちを確かにする。透は自分の言葉に煽《あお》られ、全身に火が点いたように熱くなった。

「透……」

厚みのある大きな手で後頭部を押さえられ、そのまま貪るように唇が重ねられる。

「う……ん……っ」

しがみつくように彼の背中に手を回すと、さらに口づけが深まった。熱い舌が挿入され、口腔内《こうこう》の粘膜を舐め上げられて、口の中が焼けるように感じる。

「んんっ……う……ぁ……っ、和臣さん……」

熱い舌が透の舌に絡みつき、巧みな舌使いで歯列の後ろをなぞられ、上顎をつつかれる。ちゅく、ちゅくと唾液の音が響き、喉の奥から止めどなく甘い痺れが駆け巡った。愛情と欲望が混ざったような、息ができないほど激しい口づけに、頭の中がぼぅっと痺れてしまう。全身の力が抜け落ちてしまいそうになり、それに気づいた和臣が唇をそっと離した。

「君を全身で感じたい。私とひとつになってくれ」

耳をくすぐる声は、熱を含んで上ずっている。

返事をするのも忘れ、その端整な顔にぼんやりと見惚れているうちに、和臣が素早く衣服を脱ぎ、ベッド下へ落とした。

引き締まった胸や腰、逞しい二の腕、なだらかな隆起を描く広い肩幅……いつもきちんとネクタイを締めたスーツ姿からは想像できないほど、和臣の体軀は獣のように男らしく、迫力がある。

しなやかな筋肉のついた眩しい裸体を前に、透は真っ赤になって目を伏せた。

「ぼ、僕も……脱いだ方が、いいですよね」

消え入りそうな声を出すと、和臣がふっと小さく笑った。

「君の服は私が脱がせたい。だからじっとして」

囁くと同時に和臣の手が伸びて、前立てのボタンが外される。じきにシャツを脱がされて肌が露わになった。

「あの……み、見ないでください」

「透……？」

男性として理想的な体を持つ和臣に、貧相で華奢な自分を見つめられて、カッと頬が熱くなった。

体を隠そうとする手を和臣がやんわりと手首を摑んで止める。

「隠さないでくれ」

「み、見られると、恥ずかしいです……」

「なぜ？　君はとてもきれいなのに」

「そ、んな、ことは……」

大きな手が首筋から鎖骨へ滑り、透の体を優しく撫でる。

「君の肌はクリームのようになめらかできれいだ……」

自らもベッドに乗り上げた和臣が、覆いかぶさるように透を組み敷き、そっと抱きしめた。

和臣の引き締まった固い肌の感触と、あたたかな体温に包まれた瞬間、胸がドクンと大きく波打ち、ズキズキとした疼きが下半身から込み上げてくる。

「君を全部見たい……」

耳元で切羽詰まった声が聞こえ、息を呑んだ時、ベルトが引き抜かれて、下着ごとスラックスが足から引き抜かれた。それをベッドの下へ落とした和臣が透の両手首を摑んで頭上で拘束する。

「か、和臣さん……っ、見ないで、ください……っ」

熱が籠もった双眸に見つめられて、羞恥で全身の血が沸騰しそうになる。しかし、懇願しても和臣の視線は透の体から離れない。

「きれいだ。透……二人で気持ちよくなりたい、だから恥ずかしがらないでほしい」

やわらかな声音でなだめるように告げられ、透は朱色に染まった頰でこくんと小さく頷いた。

和臣は透の首筋に唇を這《は》わせながら、手のひらで愛撫するように腹部から胸を優しく撫でた。長い指先が官能の芽を探るように控え目な胸の尖端《せんたん》を摑む。

「……あぁ……っ」

指先で捏ねるように尖端を愛撫され、押しつぶされて、その刺激にぞくぞくとした心地よさが背筋を駆け上がる。

美貌を寄せてきた和臣に、ぺろりとその尖端を舐め上げられ、口に含んで愛撫される。

舌で捏ね回されるうちに乳首がどんどん固く尖《とが》り、じわじわ込み上げてくる下肢からの疼きに、たまらずにかすれた声を上げて身をよじった。

「んっ……、く……、はぁっ、あぁ……っ」

「可愛い声だ。透、もっと聞かせてくれ」

和臣は片方の乳首を口に含んで、じっくりと舌で転がしながら、もう片方を指の腹で擦り上げる。

「……あっ、ひっ……、や、あ、あ……」

甘い痺れが体の芯を疼かせた瞬間、和臣の手が胸を離れ、固くなり始めている透の欲望に触れた。

「あっ……や、やぁっ……、そこ……っ」

張りつめた場所への突然の強い刺激に、背筋が切なくわななく。敏感な部分を和臣の手で愛撫されて、透は大きく背を仰《の》け反《ぞ》らせた。

「そんな……強く……っ、あぁっ、くっ……」

「いい表情だ。感じている君もとても可愛い」

手のひら全体で感触を味わうように欲望を揉みしだかれ、さらにぐにぐにと尖端を捏ねられる。

「あぅっ、ん……っ、ふ……ぁ……っ……」

愛しい人の手で熱を帯びた屹立《きつりつ》を剝き出しにされ、尖端を指先で強く擦り上げられて、電流のような衝撃が全身を駆け抜けた。

「あぁ……っ、やっ、おねが……、んぅ……」

「透、そろそろいいか？」

茶色の瞳と視線が合った刹那、ぞくりと戦慄が走る。意識を奪われている間に膝の後ろを摑まれ、ぐっと大きく足を広げられた。

「なっ……！　和臣さん……っ」

動揺して声を上げると、和臣はサイドテーブルに置いていたローションを手に取った。手のひらで一度あたためてから、とろりと液体を後孔に垂らす。室内に甘い香りが漂い、透は背中をしならせた。

「あ……、こ、これ……」

「大丈夫だ。乾いたままだと君が痛い。男同士がつながる時はここを使う」

ローションを垂らされた窄《すぼ》まりに和臣の指がゆっくりと差し入れられる。初めての挿入に透は身をすくませ、シーツをぎゅっと摑んだ。

「あ……っ……、ん……あぁ……っ」

「君が痛くないように、ここをきちんと解しておきたい」

後ろの孔《あな》に押し込まれた指がローションで濡らされた狭い内部をゆるゆると探るように動く。ぬるりとしたそれが、やわらかい粘膜を解すように中を愛撫する。内部を広げられる感覚に透は身じろいだが、つながるために必要なことだと言われ、異物が押し入る圧迫感に懸命に堪える。

「ん……っ……うぅ……くぅ……」

受け入れる場所を和臣の指で繰り返し穿《うが》たれて、体がさらに熱く火照ってきた。

中を探索するように動いていた指が、ある場所に触れた瞬間、強すぎる刺激が下半身を駆け抜けた。

「やぁっ、あ、あっ……ん……っ」

確認するように和臣の指が敏感なその場所を擦り上げると、腰が大きく跳ね上がり、爪先が小刻みに震えた。

「透――ここか？」

身悶《みもだ》える透を追い立てるように、和臣は指で繰り返し振動を送ってくる。

「あぁっ、そこ、だ、め……っ」

「大丈夫だ、透、体の力を抜いて」

敏感な粘膜に刺激を加えられ、息が詰まり、体が硬直する。和臣の指がさらに激しく動き、息を整える間もなく、奥深くまで抜き差しされた。

荒い呼吸を繰り返しながら、自分のそこがとろけそうにやわらかく解されていくのを感じた直後、和臣の呟きが耳朶を打った。

「だいぶ慣れたようだ。もう一本増やそう」

「ま、待って、ください……む、無理です……」

ようやく一本の指に慣れたところだ。不安そうな透に和臣が優しく声をかける。

「私を受け入れてほしい。このままでは君を傷つけてしまう。だからもう少し解しておきたい。いいね？」

「……は、い」

透はこくんと緊張の唾を呑み込み、頷いた。

未知の行為への恐れはまだ残っているが、和臣がすることなら、どんなことでも大丈夫のような気がする。

抜き差しされていた後孔がぐっと広げられた。しっかりと二本の指が根元まで埋め込まれ、具合を見るように動き出す。

「はぁっ、は……っ、ぁ……んんぅ……っ」

くちゅ、くちゅ、と濡れた音が響き、狭路が二本の長い指を奥深くまで呑み込んでいく。

前立腺を刺激するようにゆるゆるとうごめく指の動きに、思わず口から嬌声《きょうせい》がこぼれ落ちる。

「あっ――、はぁ、はぁ……ッ」

「ここだったね、君が感じる場所は」

弱い箇所を見抜かれ、そこを集中的に責め立てられて、湧き上がる強烈な官能の波に、透は大きく喉を反らせて喘ぐ。

「ひぅ……っ、ん……んんっ、……くぅっ……」

体の中も外も、全身が熱い。

和臣の長い指が内部を探るように抽送し、敏感な粘膜を刺激されて、腰の奥が疼くような感覚に恍《こう》惚《こつ》と揺さぶられる。

「……可愛い……私の透……」

和臣は透の耳朶を優しく食《は》み、熱い舌先で耳孔を舐めた。同時に中を穿つ指の動きが苛烈になる。

「……はぁっ、あっ、あ……っ、あ――っ」

うごめく指で狭壁を擦り上げられるたび、嬌声が漏れ、和臣の指をきつく咥《くわ》え込んでしまう。細腰がその先を請うようにぴくぴくと痙攣《けいれん》し始めると、指が引き抜かれた。

「あ……」

熱を帯びた眼差しで見下ろされ、快感に嬌声を上げていた自分に気づきじわっと頬が朱色に染まる。

「恥ずかしがらなくていい。私の前ではすべてを見せてくれ」

「和臣さん……」

背中とベッドの隙間に腕を入れた和臣に、ぎゅっと強く抱きしめられた。

「次は、私を受け入れてくれるか？」

甘い声音を紡ぎ、和臣が真摯な表情でうっすらと汗ばんでいる透の額に口づける。

こくっと喉を上下させた透が「はい」と答えると、解されてとろけきった後孔に、灼熱《しゃくねつ》の欲望が押し当てられた。表情を強張らせていると、心配そうな声が落ちてくる。

「大丈夫だ、痛くしない」

怯えてすくんだ体を大きな手に優しく撫でられながら、ゆっくりと後孔に張りつめた亀頭が入ってきた。

「いっ、つ……っ、あぁ……」

逞しい灼熱にぎちぎちと狭路を押し広げられ、透は衝撃に息を止める。熱く、ずっしりとした質量の楔《くさび》が、体重をかけながらさらに押し込められた。

「ん――ッ、はぁっ……はぁ……」

「透……苦しいか？」

和臣の手が透の手の上に重なり、指と指が絡められる。先ほどよりも熱を増している和臣の双眸が心配そうにこちらを見つめていた。

何かを堪えるような苦しそうな和臣の顔に、うっすらと汗が浮かんでいる。その切なげな眼差しを見て、透はゆっくりと首を左右に振った。

「……和臣……さ、ん……」

「透……君の中が狭くて……きつく締めつけてくる。すごくいい……」

そっと啄《ついば》むように、頬や額に口づけを落とされ、欲望が粘膜を突き上げながら奥へと侵入してくる。

「あ、あ……っ、か、和、お……っ」

太ももの内側が小さく痙攣し、細い腰が震える。胸と胸を重ね合わせたまま、和臣が透の欲望をそっと手で掴み、ゆるりと擦った。

「ひ……、あ、あっ……」

さらにぐっ、ぐっと力を込めて前を愛撫され、挿入の衝撃で弱くなっていた男性器が屹立する。同時に、徐々に強張っていた体の力が抜け落ちていった。

「そうだ。体の力を抜いてくれ」

「んぅ……っ、はっ、はぁ……っ、あ……」

昴りを奥へ押し進められ、下肢が触れ合うのを感じた瞬間、彼をすべて受け入れたのだと気づいた。

動きを止めた和臣に口づけられると、とろけそうな感覚が全身を包み込む。

「痛くないか？」

心配そうな和臣の声に、透は小さく頷いた。

「大丈、夫……です……」

根元まで埋め込まれた状態でいるのは苦しかったが、和臣の手で欲望を愛撫され、何度も優しく口づけられて、次第に痛みが引いていった。

「透……少し、動く……」

和臣は唇を噛みしめながら、ゆっくりと動き始めた。ずるりと引き抜かれた灼熱が、ずぶっと押し入り、思わず「あっ」と声が漏れる。

彼の欲望がなるべく痛みを与えないよう慎重に、けれど容赦なく透の中でうごめき、突き上げられる律動に、覚えず腰が揺れてしまう。

「あぁっ、く……っ、んぅ……、あぁ……っ」

自分の中を行き来する初めての感覚に翻弄され、透は身悶えた。

和臣は透の様子を見ながら、感じやすい場所を見極めて抽送のリズムを速め、次第に中を強く穿つ。

やがて二人の体温が馴染み、下肢から愉悦がじわじわと広がっていく。

深い抽送によって淫靡《いんび》な水音が響き出し、狭壁がさらなる刺激を求めるように、透の奥深い箇所がわななき始める。

「はぁっ、はっ……、か、和臣さん……、和臣さ……っ、あぁぁっ、んんぅ――」

何度も彼の名前を呼ぶ。つながった部分が燃えるように熱い。

どうにかなってしまいそうな強い愉悦に、火を点けられたように全身が熱くなる。

「いい……、あ、あっ……、いい、です……」

「透……っ」

強い力で掻き抱かれて、和臣の背中にしがみつくように手を回した。

さらに中を穿つ動きが苛烈になり、ずぶずぶと突き刺さるような灼熱の動きに、透は白い喉を反らせ、身をよじった。

「ひぅ……あっ、い、くっ……、いっ……あ、あぁぁっ」

最奥《さいおう》が粟立つほど激しく突かれ、何度も貪るように唇を重ねたまま追い上げられる。意識がめくるめく恍惚に呑み込まれ、思考すらおぼつかない。

和臣もまた余裕を失くした腰つきで抽送を速めながら、力強い律動を送り込んでくる。

「かっ、和臣さ……っ……」

「透……君は私のものだ。私の——……っ」

情感を込めた囁きに胸が熱くなる。

普段の冷静さをかなぐり捨てた和臣の激しい抱擁に、透の欲望から蜜《みつ》が滴り、シーツに落ちていく。

深々と灼熱を打ち付けられ、ひときわ感じる場所を抉られて、しがみついている逞しい背中に爪を立てた。

「あぁっ、はぁ……っ、くっ、うぅ……」

荒々しく擦り立てられ、体の中で官能のうねりが透を甘美に責め苛《さいな》んだ。

「あ、熱い、です……あぁっ……、ん……っ」

下肢の付け根の最も深い場所が、燃えるように熱い。

強く収縮する狭壁がたぎる熱をきつく締めつけ、体をひくひくと痙攣させる。

「私も……熱い……透、一緒に……」

苦しそうな声音が耳をかすり、最奥を深く穿たれた瞬間、ぴりぴりとした感覚が電流のように全身を駆け抜けた。

ふわりと体が浮かび、放り投げられるように意識が真っ白になる。

「あ、あ――っ……あぁぁぁ……っ」

腰をガクガク震わせながら、透は全身を硬直させた。

「くっ――透……っ」

弛緩《しかん》した透の体をしっかりと抱きしめ、和臣がほぼ同時に最奥に向けて熱い飛沫《しぶき》を放出する。

白濁を浴び、奥深くが濡れる感覚に、透は満たされた想いで荒く息を吐いた。

「はぁっ……はっ……はぁ……」

「よく頑張った、透……」

和臣に頭を優しく撫でられ、額にねぎらいのキスが落ちる。

改めて和臣を見つめると、鍛えられた体に汗が浮かび、乱れた髪が額にかかった美貌はひどく色めいていて、透は息が苦しくなるほどのときめきを胸に刻む。

「……和臣、さ……ん……」

恍惚の中で彼の名を呼ぶと、和臣は上体を倒し、息を乱したままやわらかく口づけてきた。優しいその感触に安堵しながら、和臣が自分の体から快感を得てくれたこと、そして中で果てたことが誇らしくて、充実感と幸せに包まれて透はそっと目を閉じた。


眠っていた透は、和臣の話し声と窓の外からかすかに聞こえる雨の音で目を覚ました。

「あ……雨……？」

雨の日は両親の夢を見てなかなか眠れないことが多かったが、昨夜は和臣に抱きしめられたままぐっすりと眠れた。目を開けると、すでに身支度を整えたスーツ姿の和臣が透に背中を向けるようにしてスマホで通話していた。その口調から仕事の電話であることが伝わり、透は黙って身を起こす。

自分が裸のままでいることに気づくと同時に、胸や腹部に花びらのような痕が散っているのが見え、昨夜彼に抱かれた記憶がまざまざと脳裏に蘇った。頬がかっと熱くなり、和臣が用意してくれたらしいサイドテーブルのバスローブに手を伸ばす。

通話を終えた和臣がくるりと振り返り、透のそばに来ると身を屈めるようにして口づけてきた。

「おはよう、透」

「あ、お、おはようございます……っ」

小さく笑った和臣が透の頬を優しく撫で、梳くように髪に指を絡ませる。

「体は大丈夫か？　痛くないか？」

腰の辺りが重いが、それが彼と結ばれた痛みだと思うと幸福感の方が大きかった。心配そうに顔をのぞき込む和臣の眼差しがくすぐったくて、照れながら笑みを浮かべる。

「……大丈夫です……」

透の笑顔を見た和臣の顔にふと陰りが過《よぎ》り、どうしたのだろうと思っていると、ふわりと優しく抱きしめられた。

「透……」

「はい」

耳元に和臣の声が落ちる。

「このままずっと君とこうしていたいが、今朝から三日間、海外へ出張になった」

「今朝から……？」

三日も会えないのかと思うと、正直寂しい。そんな弱い心を叱咤し、笑顔で言う。

「そうですか……お仕事頑張ってください」

和臣が目を細め、名残惜しそうに啄むような口づけを落とした。

「透、父から連絡があって、君も一緒に三人で食事に行きたいと言っている。私が出張から戻る……四日後にどうだろう」

「あ……はい。でも、親子水入らずの方が」

都内にいる重忠と多忙な和臣はなかなか二人で会う機会がないだろうと思って遠慮すると、和臣が首を横に振った。

「陽太のこともいろいろ聞きたいそうだ。四日後の午後、空けておいてくれ。いいね？」

「わかりました、それじゃあ楽しみにしています」

微笑を浮かべながらも、どこか険しさの残る和臣の表情が気になったが、すぐに出発しなくてはいけない彼にそれ以上何も訊けず、バスローブを纏って扉のところまで見送る。

バタンと扉が閉まる音を聞くと、途端に寂しさが棘《とげ》のように胸を刺した。

（……寂しいなんてわがままを言っちゃだめだ。和臣さんと気持ちが通じ合って結ばれた。夢みたいにうれしい。三日間会えないけど、我慢しなくちゃ……）

シャワーを浴びた後、一階に降りると、もう和臣は秘書と共に結城グループのプライベートジェットで香港へ向けて発ったと徳川から聞かされた。新規工場開発のための現場を確認するらしい。

窓を細く開けると、頬を切るように冷たい風が、そっと透の髪を揺らした。


和臣に会えない三日は長く感じられた。

「今日は和臣兄さまが帰ってくる日だよね。行ってきまーす」

玄関アプローチで、うれしそうにはしゃぐ陽太が左手に傘を持ち、右手を大きく振る。透と徳川も笑顔で手を振り返した。

「陽太くん、行ってらっしゃい！」

「行ってらっしゃいませ、陽太様」

陽太を見送った後、透は灰色の空を見上げて、建物内に戻りかけていた徳川に声をかける。

「今日は雨が降りそうですね」

「さようでございますね」

頷いた徳川がふと足を止め、同じく曇天を見上げながら声を低くした。

「……折原さん、少しよろしいですか」

「はい」と返事をして何気なく徳川を見るが、何か特別な話があるらしい張りつめた雰囲気が伝わり、にわかに緊張して背筋を伸ばす。

「……和臣様のことでございます。和臣様は小さな頃から大変聡明《そうめい》なお子様でした。早くに母親と引き離され、父親である重忠様は多忙でいらっしゃいましたから、ずいぶんと寂しい想いをなさいました」

その話は、和臣の口からも聞かされた。

「折原さん、どうか、和臣様を信じてください」

（……え？）

なぜ急にそんなことを言うのか、理由がわからず首を傾げるが、いくら待っても徳川からはもう言葉はないようだ。だから透は戸惑いながらも大きく頷いた。

「はい、僕は和臣さんを信じていますし、これからも信じ続けます」

断じると徳川の目元がゆるんだ。心底安堵するように肩を下ろす徳川に、なぜ今こんな話をするのだろうかと、不可解な視線を向けてしまう。

その視線に気づいたはずだが、徳川はそれ以上何も言わず、透にいつもの柔和な眼差しを向け、家令室へ向かった。

ポツ、ポツと音がして、湿った風と共に積乱雲が空を覆い、あっという間に辺りが薄暗くなる。

「雨だ……」

針のように細い雨が一面を静かに濡らしていく。

その後、いつものように控室でパソコンに向かった。しかし、三日ぶりに和臣に会えると思うとなかなか集中できない。

今回の海外出張は香港やアジア数か国を巡る多忙なスケジュールだったようで、この三日間、和臣からの連絡はほとんどなかった。仕事の邪魔をしてはいけないので、透からも短いメールを送っただけだ。

(和臣さんに早く会いたい……)

仕事に集中しようと首を振った直後、不意打ちのように玄関アプローチから車の音が聞こえてきた。

透はそわそわと立ち上がり、控室を飛び出す。

廊下に出ると、仕立てのよい濃紺のスーツにブルーのネクタイを締めた隙のない姿の和臣が、秘書の男性と話している。

(和臣さんだ……！)

会いたかった本人を前にして、胸が高鳴った。和臣がねぎらいの言葉をかけ、秘書が深く一礼し踵を返す。ひとりになった和臣が振り返り、透を見てふっと笑顔になった。

「透、ただいま」

「和臣さん……。お帰りなさい！」

足早に近づいてきた和臣に、あっという間にきつく抱きしめられる。彼の体温に包まれながら確かめ合うように互いの心音を聞いていると、気持ちがようやく落ち着き、和臣の背中に回した手をゆっくりと外す。それが合図のように和臣も抱擁を解いた。

「すごく……会いたかったです……」

「私もだ。三日がこれほど長く感じられたことは初めてだ。何か変わったことはなかったか？」

肩の力を抜いた和臣がどこか疲れているように見えて、彼は帰国したばかりで自室でゆっくりしたいのかもしれないと気づく。心なしか顔色が悪い気がして心配になった。

「陽太くんも和臣さんに会いたがってました。……あの、和臣さん、お疲れではないですか？　僕、和臣さんに会いたくて浮かれすぎてしまって……すみません。お部屋で休んでください」

促すと、和臣が茶色の双眸を細めた。

「明日オフを取るため、少し無理をしたが大丈夫だ。君の顔を見たら疲れが吹っ飛んだよ」

「え、明日、お休みなんですか？」

先ほどの反省もつかの間、無邪気に喜ぶ透に、和臣が苦笑する。

「明日は父と三人で昼食を摂ると言っていただろう？　覚えてないのか？」

出張に行く前、和臣に言われていたことをようやく思い出した。

「あっ……そうでした」

すっかり忘れていたと呟くと、和臣は小さく笑って透の額を指で弾き、もう一度ぎゅっと強く抱きしめてくれた。

その日の夜遅くになってようやく雨が止み、夜は和臣に仕事の電話が次々にかかってきた。透は和臣の体を心配しながら、仕事の邪魔をしないようにひとりで眠った。

洗われたような冷たい空気がひんやりと結城邸を包んでいた。


翌日――重忠の希望で、透と和臣は横浜にある高級和風料理店へ向かった。

指定された時間の少し前に和臣の運転で店に着くと、黒塗りのベンツがすでに停車していた。

「重忠さん、もう来られているみたいですね」

「ああ……そうだな」

店の中へ入り、和臣が名乗ると、すぐに奥の特別室へ案内された。

襖《ふすま》を開けると白色のシャツに濃紺のジャケットを合わせた若々しい服装の重忠が座っている。

六十を越えてなお、面差しには往来の敏腕CEOぶりを十分に残し、背筋を伸ばして透たちを迎える。

「やあ、透！　会うのはパーティ以来だな。和臣もよく来た。さあ座ってくれ。透はわしの隣だ」

上機嫌な重忠がさっそく料理をオーダーする。お通しがきて、重忠が頼んだ日本酒も運ばれてきた。

重忠がグラスを和臣に手渡し、「和臣はビールか？」と訊いた。

「いいえ、今日は私が運転してきましたので」

「そういえば、和臣は車の運転が好きだったな。透は飲めるだろう？」

アルコールはこの前のパーティでワインを飲んだ経験しかない透は、重忠に訊かれて小さく首を横に振った。

「すみませんが、僕はお茶で……」

「酒を飲まないのか？　まったく、透は初々しい」

重忠が透の膝をポン、ポンとたたく。その手が滑るように太ももに這い上がってきて、その感触に背筋が粟立つ。

「……っ」

パーティでも重忠に触れられて嫌悪してしまったことを思い出し、体を固くしつつも気《け》どられないようにどうにか口を開いた。

「あ、あの……そうだ、陽太くんは絵を描くのが好きで、八歳とは思えないほど上手にデッサンできます。音楽の授業も好きで、山根くんという仲のよい友達もいて、学校生活を楽しんでいるようです」

陽太のことを話している間、重忠は頷きながら、目尻を下げて透を見つめている。

「そうか、陽太は楽しくやっているのか。それはよかった。ところで透、ここの料理はどうだ？」

彼の手が今度は透の背中をさするように撫でてくる。

（重忠さん、どうしてこんなに触ってくるんだろう……）

「えっと、このだし巻き玉子、とっても美味しいです」

「そうだろう？　美味しいものを食べている透はとても愛らしい」

満面の笑みを浮かべ、重忠が透の顔をのぞき込んだ。

「ほら、もっと食べなさい」

「は、はい……」

野菜のセイロ蒸し、茄子の田楽と冷やしトマトの玉ねぎオイルソース、ウニの茶わん蒸しなど、ごちそうが運ばれてきたが、隣に座っている重忠が頻繁に体に触れてくるので、せっかくの料理よりもそちらの方が気になって味がわからない。

「ほら透、日本酒は嫌いか？　一杯でいいから飲んでみなさい」

重忠は自分が飲んでいるお猪口《ちょこ》を透の口元へ押しつけ、股間辺りに手を置いた。

「……あっ」

太ももから付け根を撫でるように動く重忠の手にぞわりと鳥肌が立つ。助けを求めるように、向かいに座っている和臣に視線を送った。しかし和臣は透の方を見ようとせず、いつもの優しい笑顔も影をひそめ、無関心で食事を続けている。

(和臣、さん……？)

なぜ和臣は何も言ってくれないのだろう。戸惑いを隠せず胡乱に眉をひそめた透は、味がわからなくなった料理を口に運ぶ。酒を飲んで終始上機嫌の重忠は、執拗に透の肩を抱き寄せ、背中を撫で回しながら、和臣と近況の話をしている。会食が終わる頃には透はすっかり疲弊し、立ち上がるのもやっとの状態だった。

重忠がカードで支払い、満足そうな笑みを浮かべて透と和臣を見た。

「それじゃあ、わしは都内へ帰る。今日はありがとう。楽しかった」

「父上……どうぞ息災で」

「和臣が立派に結城グループを率いてくれているおかげで、わしは安心してゴルフ三昧ののんびりした日々を送れる。お前に任せて本当によかった」

ねぎらいの言葉に、和臣は表情をゆるめることなく固い面持ちで頷いた。

「それから透、楽しかったよ。ありがとう。また三人で食事をしよう」

もの言いたげな眼差しでじっと透を見つめた後、重忠は踵を返した。

（重忠さん、酔ってたから、あんなに触ってきたのかな……？）

重忠を見送るために店を出る。ここ数日、雨の日が多いが、まだ昼過ぎだというのに辺りは薄暗く、重い雨雲に覆われた空から大粒の雨が降っている。

雨に溶けるような車のテールランプを見送り、そっと和臣を見る。彼は空虚な瞳を車が走り去った方へ向けていた。

「和臣さん……？　あの……」

すぐ隣にいるのに、和臣を遠く感じる。言い知れぬ距離に不安を覚え、声をかけると、和臣がようやくこちらに視線を向け、薄く微笑んだ。いつもと違う無理に作ったような笑みを見て、胸が騒めく。

雨音に重なるように着信音が鳴り、胸ポケットからスマホを取り出した和臣が通話を始めた。

「私だ――。トラブルか？　わかった、結城産業の本社だな。ああ、大丈夫だ……」

話が終わると、和臣は透に早口で話しかけた。

「急な仕事が入った。君はタクシーで屋敷へ帰ってくれ。私はこのまま都内へ向かう」

「あ……はい……」

店の前で待機していたタクシーに乗り込むと、和臣が言葉もなく扉を閉めた。結局、最後まで重忠の執拗な行為への言及も、終始黙認していたことへの言い訳もなかった。気づかなかったと言われればそれまでだが、たった三日間、会わなかっただけで和臣が別人になってしまったかのようだ。

うつむく透の横から、コンコンとガラスをたたく音がした。目線を上げると、和臣が窓越しに何か言っている。

あわてて窓を下げると同時に名前を呼ばれた。

「透……」

「は、はい」

和臣の手がそっと肩に触れ、押し殺すような声で囁かれた。

「寂しい思いをさせる。我慢してくれ」

「……和臣さん……？」

肩に触れるあたたかなぬくもりに手を伸ばすが、重なり合う前にそれは遠ざかり、和臣の凜とした声が車内に響いた。

「行ってくれ」

「あ……和臣さ……」

無情にも走り出したタクシーが和臣との距離を広げていく。

車窓から身を乗り出すと、和臣が何かを振り切るように背を向けて歩き出していた。


結城邸に戻り、控室でパソコンに向かっている間に、雨の音がさらに大きくなる。仕事の手を休めて窓の外を眺めていると、ノックもなく扉が開いた。

「――和臣は仕事へ行ったのか？　相変わらず忙しいヤツだな」

背後から声をかけられ、驚いて振り返ると、渋面の隆文が腕を組んで立っていた。

「……隆文さん……？　あの、お仕事は？」

「午後からオフだ。気になることがあって帰ってきた。……お前、いいのか？」

透は問われている意味がわからず、小首を傾げた。

「いいって、何がですか？」

キョトンと目を丸くする透に隆文はため息交じりに頭を掻いた。

「今日、父と会ったんだろう？」

「え？　あ、はい。昼食をごちそうになりました。和臣さんも一緒に」

「和臣も一緒だったのか」

透が頷くと、隆文は厳しい顔つきで唇を横に引き結び、低い声音で訊いてきた。

「……お前、和臣に抱かれたのか？」

「……っ！」

思いもよらない質問に、透は顔を真っ赤にしてとっさに首を横に振る。

「そ、そんな……い、いえ……あの……っ」

驚くあまりろくな返答ができなかったが、耳まで朱色に染まった透を見ただけで理解できたのだろう。隆文が複雑な表情で嘆息した。

「やっぱり和臣は、父に逆らわなかったのか……」

「な、なんのことですか？」

意味がわからず狼狽える透を見つめ返し、隆文が厳しい顔つきのまま傲然と呟いた。

「――父は先日のパーティでお前を気に入り、自分の愛妾《あいしょう》に加えたいと言い出した」

告げられた言葉に、透の思考が止まる。今の言葉をうまく嚙み砕けなかった。

（今……愛妾って……）

普段耳にすることのない単語を透はゆっくりと口の中で復唱する。

「え……愛妾……？　ぼ、僕を……？」

ようやく理解した透に、隆文はどこか言いにくそうに眉をひそめ、話し続ける。

「父が都内のマンションに多数の愛人を住まわせていることは以前話しただろう。父は男女を問わず愛人が多い。最近は男の方が多いくらいだ。しかも若くて華奢なお前のような男ばかりだ」

「で、でも……まさか……」

「パーティの時、興奮した父に抱き寄せられたのを忘れたのか。あの後すぐ父が和臣に、陽太の世話係は別に見つけるから、お前を寄越せと言っていた」

その言葉に、パーティや今日の食事会での過剰なまでの重忠のスキンシップを思い出し、未《いま》だに残る重忠の体温にゾワリと肌が粟立った。

(陽太くんの世話係として気に入られたいと思ってたけど、まさか愛妾なんて……)

まったく考えていなかった事態に、心臓が嫌な音を立てて軋む。刹那、隆文の声が部屋に響いた。

「お前はどうしたい？」

それは、重忠の愛妾になりたいか、なりたくないか、ということだろうか。

そんなもの、決まっている。

「僕は……好きな人がいます」

「それは和臣のことか？」

「…………」

頷きたかった。しかし、和臣に迷惑がかかってはいけないと思い、唇を噛みしめて肯定する言葉を呑み込み沈黙する。

「どう言ってもお前は傷つくだろうから、はっきり言う。……パーティの後、父が和臣にお前を愛妾として迎えたいと言った後……慣らすように命じるのを聞いた」

「……え……？　慣らす？　どういうことですか……？」

眉をひそめたままの隆文が、動揺している透から目を逸らした。透の方を見ないまま、矢継ぎ早に説明を加える。

「父に抱かれる時、お前が痛がったり嫌がったりしては困るだろう？　だから、お前を慣らしておくようにと父が和臣に命じた。和臣は調教のためにお前を抱いたんだ」

調教のため――？

足元の地面が抜け落ちるような感覚に襲われ、不安定な体が揺れる。

「そんな――まさか……重忠さんが……命じた……？　和臣さんに……？」

信じられない、信じたくないと呟くと、隆文が痛々しく眉根を寄せて頷いた。

「そうだ。もう一度言う。パーティの後、父が和臣に頼んでいるのを聞いた」

息が止まりそうになりながら、透は懸命に呼吸をつなぐ。

「……う、嘘……。だって、和臣さんは僕のことを……愛していると……言ってくれました。だから僕たちは……」

呼吸を乱しながらも声を振り絞って否定する透に、隆文が漆黒の瞳に憐《あわ》れみの色を浮かべて顔をしかめる。

その間にも透は、過呼吸に陥ったかのように荒い呼吸を繰り返した。

「きついことを言うが、それはお前を抱くための戯言《ざれごと》だろう。和臣はＣＥＯに選んでもらった恩があるし、父には和臣も俺も誰も逆らえない」

必死につないでいた呼吸が、止まった。

ひくり、と喉が動き、胸を切り裂かれるような痛みから逃れるように透は無呼吸のまま後ずさる。

「だって……そんな、ことは……あ、あり得な……っ」

頭の中で和臣の笑顔が浮かぶ。

愛していると言ってくれた。立場なんて気にしない、君を抱きたいと熱い眼差しを向け、激しく抱きしめてくれた。心から自分を欲してくれていたはずだ。

そう思っているはずなのに、今日の重忠との食事が脳裏に浮かぶ。

（……重忠さんがいる時の和臣さんは、確かに様子がおかしかった……）

重忠が過度に触れてきても、和臣は何も言ってくれなかった。

（まさか……重忠さんに命じられたから、それで和臣さんは僕を抱いた……？　僕のことを好きだって言ってくれたのも、嘘だった……？）

頭の中が真っ白になり、和臣の笑顔も何もかも白く塗りつぶされていく。

透にとって夢のように感じた行為が、全部偽りだったとしたら――。

脳裏に鋭い痛みが走り、血飛沫のような朱色が白い世界を塗り変える。

動揺に揺れる透を見つめ、隆文が辛そうに顔を歪めた。

「最初に忠告したはずだ。和臣を信用するな、と。いいか、父の愛妾になるのが嫌なら、この家から逃げろ。父は欲しいものを手に入れるためには手段を選ばないし、和臣に相談しても無駄だ」

「――――っ」

両目から涙がどっとあふれ、もう何も考えることができず、何を信じればいいのかさえわからなかった。

踵を返すとそのまま廊下を走って玄関へ向かう。

背後で隆文が何か言ったが、透は振り返らず、そのまま結城家を飛び出した。

外は冷たい雨が降っていた。結城邸の外門を駆け抜けひたすら走る。無意識のうちに祈るように和臣の名前を繰り返した。

「……和臣さん……、……和臣さん……っ」

和臣に抱かれた時のぬくもりがまだ皮膚に残っているような気がする。愛していると何度も言ってくれた。幸せそうに微笑んでくれた。

（本当に好きだったのに……重忠さんに命じられて仕方なく僕を抱いただけだった……）

気持ちが通じ合えたと思っていた。何より和臣のことを心から信じていた。それなのに——。

雨と涙で視界が滲む。何も持たずに飛び出してきたので電車にも乗れない。行く当てがなく透は雨に打たれ、彷徨いながら走り続ける。

どこをどう走ったのかわからない。頭が鈍く痺れたまま、ただ闇雲に走った。どのくらい雨に打たれていただろう。

（……和臣さんに……会いたい……）

心の中に愛しい人の笑顔が浮かんだ瞬間、足が止まる。ガクガクと膝が震え、雨粒が跳ね返る地面を見つめたまま唖然と立ち尽くす。

涙が止めどなくこぼれ落ち、ゆらり、と視界が揺れ、意識が朦朧《もうろう》となっていく。

あの朝もこんな冷たい雨が降っていた。

――透……朝市へ行ってくるわね。

母の声が耳元で蘇る。

改装した店が繁盛して、両親は忙しかった。そんな時、高校に入学して初めての文化祭があった。

「忙しいから、行けそうにないの。ごめんね」

母の言葉を透は不満に思った。両親が多忙だと理解していたが、それでも透はどうしても父と母に絵を見てほしかった。

「僕の描いた絵、全国高校絵画コンクールで金賞をもらったんだよ。見に来てよ」

「すごいわね、透。その絵は家に持って帰らないの？」

「学校の美術室に飾るから、持って帰れないよ。だから見に来て。お願い」

初めて入賞した絵を見てもらいたいのに。ほんの少しでいいから学校へ来てくれればいいのに。

せめて「行けるかもしれないし、わからない」と言ってくれればいいのに。両親は「ごめんね」と繰り返すだけ。理不尽だと思った透はムキになり、「お願いだから来て」と繰り返した。

そして――。

「もうこんな時間だ。朝市へ行かないと。透、ごめんね」

両親はすまなそうにそう言うと、連れだって家を出て行く。

「待ってよ。ねえ、父さん、母さん……」

「帰ってから話そう。それじゃあ、行ってくる――」

振り返って透に手を振り、父と母が車に乗り込む。まさかそれが二人を見る最期になるなんて――。

（あの時、僕が父さんと母さんを引き止めなかったら――）

急いでいなければ、両親は事故を起こすこともなく……凍った道路でタイヤが滑ることも、車がガードレールに激突することもなく……二人は市場から無事に戻ってきたのではないか。

その思いが胸の奥にずっとわだかまっている。

（僕のせいだ……僕のせいで父さんと母さんが……）

あの朝を思い出し、日に日に後悔が募っていった。思い出すと、夜も眠れなくなった。

そんな自分を和臣はよく頑張っていると言ってくれた。そして信頼し、結城邸へ来るように言ってくれたのだ。

（和臣さん……本当に……僕のことを好きだと言ったのは嘘だったの……？）

打ちのめされる感覚に両手が力を失くし、ぱたりと体の横に落ちる。

どんどん強くなる雨の中、クラクションの音に道の端に寄ると、大きな水飛沫を上げて車が通り過ぎた。

信じていたものが足元からぐらぐらと崩れ、どこまでも落ちて行きそうな感覚に、支えを失くした人形のようにその場にしゃがみ込んだ。冷たい雨が降り注ぎ、体と心を濡らしていく。

（和臣さん……）

痛む胸を押さえ、透は膝を立て、そこに顔を埋《うず》めるようにして唇を噛みしめた。

（……和臣さんは、優しかった……）

肌を重ねた時の彼の真摯な瞳と言葉は誠実で、お芝居だと思えない。

たとえ嘘だったとしても、少しは自分のことを好きでいてくれたのだろうか。それとも傷つけないように配慮してくれたのだろうか。陽太の世話係に選んでくれたことを思うと、少しは気に入ってくれていたのかも……。

降りしきる雨の音が耳を打つ。

――和臣様のことを信じてください。どうか……。

「あ……」

徳川の言葉を思い出し、透はこくりと喉を鳴らした。

そうだ。自分はあの時、言ったではないか。信じているし、信じ続けると。

それなのに隆文に促され、こうして和臣の元から逃げてしまった自分は、しょせん心から彼を信じることができなかったのだ。徳川に信じると言ったはずなのに、和臣の愛が偽りだと知り、あっさり逃げてしまった。なんて情けなく、弱いのだろう。

うずくまったまま胸を押さえ、じっと浅い呼吸を繰り返す。

(……それでも僕は、諦められない……。和臣さんが好きだ……)

和臣を好きなことを止めることはできない。彼にとって自分は小さな存在だとしても、重忠から命じられて仕事として抱いたとしても、彼のぬくもりに包まれて幸せだった。

自分は和臣を愛している。

雨が透を濡らしていく。ゆるゆると顔を上げた。雨の冷たさはもうほとんど感じない。

「僕は……和臣さんのそばにいたい」

言葉にした途端、熱い想いが胸の奥から湧き上がってきた。

(愛されてなくてもいい。僕は和臣さんのそばにいたい。そして力になりたい。陽太くんや徳川さんたちと一緒に過ごしたい)

深呼吸をしてゆっくりと立ち上がり、透は結城邸に向かって来た道を歩き出す。

雨はさらに強さを増し、時折、すれ違う人が怪訝そうな顔でずぶ濡れの透を見た。結城邸に戻る頃には、体が芯から冷え切って、手足が思うように動かなかった。

「折原さん！　どうなさったのですか？」

ずぶ濡れで帰った透を見た徳川が、目を丸くしてバスタオルを持ってきた。

されるがまま体を拭かれながら、透は小さな声を出す。

「……心配をかけて、すみません……」

声が震えた。徳川は眉を下げて、心配そうに透を見つめている。

「いいえ──さあ、早く体をあたためてください」

三階の透の部屋までついてきてくれた徳川が、バスルームの湯を張り、何も言わずに部屋から出て行く。

透は濡れた服を脱いで熱い風呂へ入った。冷えた体があたたまり、感覚が失くなっていた指先に血が巡る。十分あたたまった後、服を着替えて部屋のソファに腰かけた。

(ちゃんと言わなくちゃ……重忠さんの愛人にはなれないけれど、陽太くんの世話係として、これか

らも結城邸にいたいって。誠心誠意頼めば、重忠さんだってわかってくれる……はずだ）

結城グループを世界的企業へ発展させ、現在も会長として威厳を持ち続けている重忠に理解してもらえるだろうか。何より、自分がそばにいたいと願う気持ちが和臣に迷惑をかけることにならないだろうか。

そうならないようにと心から願いながら、窓の外を見つめる。

雨はようやく小降りになり、細く降る空からやわらかな光が差していた。

ぼんやりと眺めていると、玄関アプローチに車のエンジン音が響いた。窓際に歩み寄ると高級車が停まるのが見え、運転手が後部座席のドアを開ける。降りてきた人物に透は目を瞠った。

（重忠さん……？　都内のマンションへ帰ったはずなのに、なんでここに？）

心臓が激しく鼓動を刻み始める。重忠が結城邸の玄関へ入ってくるのを見て、透は部屋の中で落ち着きなくそわそわと歩き回った。

しばらくして、部屋のドアがノックされた。その音で弾かれたように扉の方を振り返り、息を詰める。

なんの反応も返していないのにドアが勢いよく開いて、艶やかな笑みを浮かべた重忠が入ってきた。

「――透！」

彼を見た途端、その場に縫い付けられたように両足が動かなくなった。

重忠は大きな歩幅で透との距離を縮め、すぐそばまで歩み寄るとニッと口の端を吊り上げて、甘い声で囁くように告げる。

「――透、お前のことが忘れられず都内から車を走らせた。わしのマンションへ来てくれ。わしの愛妾としてお前に贅沢《ぜいたく》な暮らしを約束してやる」

長年、辣腕をふるってきた重忠の言動には人の上に立つ者として有無を言わせない迫力があり、透は蛇に睨まれた蛙のように身動きが取れない。

「……っ、あ、の……」

「そんなに緊張して、お前は本当に可愛い。大丈夫だ。わしがこれから先もずっと大切にしてやる」

重忠の期待に満ちた眼差しに、頭を強く横に振る。

「ま、待ってください。僕……お願いがあって……」

「ほう、なんだ？　愛しいお前の頼みならなんでも叶《かな》えてやるぞ」

それは本当だろうか。揺れる視界をどうにか定めると、重忠が期待に満ちた目で透を見下ろした。

握りしめた手のひらがじわりと汗で濡れる。心臓が今にも口から飛び出しそうになるのを抑え、透は自分の気持ちを正直に話す。

「僕は……これからも、結城邸で陽太くんの世話係を続けたいと思っています」

空気が重々しく沈んだ。眉間にぐっと縦皺を刻んだ険しい表情で、重忠が低音で呟く。

「……お前は働き者だな。ならば、週末にわしのマンションへ来るか？　それかわしが結城邸に通ってもよい」

「いいえ。あなたの希望にはお応えできません。僕はあなたの愛妾にはなれません」

一気に言うと、重忠がこめかみを痙攣させ、不快感を露わに顔をしかめた。

「理由を訊こう。わしが気に入らぬというのか！」

語気荒く問われて、透はかすれた声で説明する。

「……ぼ、僕の一方的な想いですが……好きな人がいます。片想いでも、その人以外に抱かれたくないんです。愛妾なんて……なれません。すみませんが……」

どうかわかってほしいと願いながら訴える。重忠は渋面のまま剣呑とした視線を透へ向けている。

「……可愛い顔をして意外と頑固だ。それほどまでに和臣に惚《ほ》れているのか？」

「ち、ちが……ぼ、僕は……」

なぜ和臣への想いを知っているのか。自分は喜怒哀楽が読まれやすいのだろうか。違う人だと言ってもすぐに見抜かれそうで返事を躊躇していると、重忠の笑い声が室内に響いた。

「くくっ……ははは っ……」

額に手を当て声を上げて笑った後、重忠が透の逃げ場を奪うように強引に腕を摑んできた。

「わしが忘れさせてやる」

抑揚のない声にぎくりとして重忠を見返す。先ほどの笑いの余韻はどこへ消えたのか、怒りを湛えた重忠の双眸はまったく笑っていない。

「お前はわしのものだ。和臣のことは忘れて、わしの愛妾になれ」

（そんな……）

重忠の言葉に心が凍り付いた。どうあっても重忠は透のことを諦めてくれない。

（それでも、お願いするしか僕にはできない）

緊張に強張った喉を懸命に開き、頭を下げる。

「お願いです。今まで以上に仕事を頑張ります。どうかこのまま、結城邸で陽太くんの世話係として
いさせてください」

「ならぬ！」

眦を吊り上げた重忠の怒声が部屋に響いた。彼の剣幕に金縛りに遭ったかのように、体が固まり両
足が震え出す。

「お、お願いです……」

「どうあってもわしのそばで愛人として暮らせぬというのなら、一度でいいからわしのものになれ！」

苛立《いらだ》ちを隠そうとせず、重忠が透の腕を摑んで強引に引き上げた。彼の胸に抱き寄せられ、身震い
する。

「やっ、やめてください……っ、お願いです」

たたくつもりはなかったのに、振り回した透の手が頬をかすり、重忠の表情が憤怒に歪んだ。

「そこまで抵抗するか。わかった。それならわしも遠慮はしない」

重忠が透の体を引きずり、ベッドに仰向《あおむ》けに押し倒す。透は逃れようと渾身《こんしん》の力でもがいたが、六
十過ぎとは思えない力で両手を頭上で拘束され、馬乗りに圧《の》しかかられて身動きが取れない。

飢えた獣のような表情で恐怖に引き攣る透を見下ろし、重忠の手が服を捲《まく》り上げる。素肌の上を滑
るように撫でられ、全身がすくみ上がった。

「い、いやだ……やめて……っ、お願い……っ」

「透、わしに逆らうな！」

「やめてっ！　嫌――っ」

声の限りに叫び、懸命に身をよじった直後、透の声に呼応するように、ドンッと大きな音がして扉が開いた。透に密着していた重忠の体が弾かれたようにビクッと揺れ、驚きのあまりベッドから転がり落ちる。

「透！　大丈夫か？」

視線を向けた先に和臣が立っているのを見て、透は大きく両目を見開いた。

「か、和臣さん……？」

和臣はいつもと違い、取り乱した雰囲気を纏っていた。ネクタイをゆるめ、茶色の髪が無造作に額に落ちている。

和臣が何か言う前に、床にひっくり返った重忠が大きな声を上げた。

「和臣、よいところへ来た。協力してくれ。透がわしに抱かれたくない、などと言い出して困っていたところだ」

その言葉に、透の顔から血の気が引いていく。

（やっぱり和臣さんは、重忠さんの味方なんだ……）

和臣は一切の感情を消し去り、射抜くような眼差しを重忠へ向けている。その茶色の双眸がふっと動き、透へと向けられた。

痛ましげなその瞳を直視できず、透はあわてて瞼を伏せる。和臣の目を見ただけで、彼が苦しんでいるのが痛いほど伝わってきた。

彼は重忠に命じられて自分を抱いただけで、特別な気持ちなど一切持っていない。

それがわかっていても、和臣が好きで、彼が望むことならどんなことでも全力で叶えたいと思っている。しかし、いくら力になりたくても、他の男の愛妾になるのはどうしても嫌だ。

重忠の愛妾になる話を断ってなお、結城邸にいられるのかわからない。それでも可能性が一パーセントでもあるなら、和臣に迷惑がかからないように、そしてこれからも結城邸にいられるように、頼むつもりだった。

でも、そのわがままが和臣を苦しめているのなら……。

「透……」

囁くように名を呼ばれたが、そこへ重忠の苛立った声が割って入った。

「和臣、透をベッドの上に押さえつけておいてくれ！　一度でいいから透を抱きたい！」

重忠が吠えるのを聞き、透の全身が小刻みに震え出す。和臣は自分を重忠に差し出し、抵抗できないように押さえつけるのだろうか。

そう思った矢先、美しい貌《かお》を苦悩に歪ませた和臣が呻くように言った。

「…………はずだ」

その低音が聞き取りにくく、重忠が眉をひそめる。

「なんだ？　よく聞こえない」

次の瞬間、唸《うな》るような和臣の怒声が部屋に響いた。

「――透のことは諦めるように頼んだはずだ！　父上！　無節操にもほどがある。これはいったいどういうことですか！」

地の底から響くような怒声に、透の肩がびくっと揺れる。

これほど感情を露わにした和臣を見るのは初めてなのか、息苦しいほど張りつめた空気の中、重忠が信じられないとばかりに無言で和臣の顔を凝視している。

「透を諦める条件として、最後に一度だけ食事がしたいと言ったはずです。本当は辛かった。腸《はらわた》が煮えくり返りもした。それでも、約束だから我慢しようと思った。それなのに……これはどういうことですか！」

鬼気迫る勢いの和臣に、重忠は不機嫌そうに眉間に縦皺を刻み、鼻を鳴らした。

「ふん……！　和臣が『どうしても透だけは手放したくない』などと頭を下げるから、かえって興味が湧いたのだ。そこまで惚れ込んだ相手を一度でもいいから抱きたいと思った。秘密裡《り》にここへ来たのに……まあよい。和臣、父の願いを聞いてくれ。今夜一晩でいい。透をわしに……」

重忠の言葉を遮り、眉をひそめた和臣が低い声を落とす。

「父上は最初から私を騙すつもりだったんですか？　今回の仕事上でのトラブルも、私を透から引き離すための父上の差し金であることを社員が吐露しました」

気迫に満ちた和臣の言葉に、ぴくりとこめかみを震わせた重忠が、抑揚のない口調でぽつりと呟いた。

「ばれたか」

重忠が乾いた笑い声を上げると、対峙《たいじ》する和臣の頬がひくりと引き攣る。

「和臣……お前の願いどおり、透を愛妾にすることは諦めてやる。だから一度でいいから抱かせろ。それさえ拒否するのなら……ＣＥＯを辞めて、この結城邸からも出て行ってもらう！」

重忠の恫喝に透は息を呑み、大きく瞠目した。

「そんな……っ」

みるみる目の前が暗くなり、足元が崩れ落ちたような感覚に包まれる。横暴な条件を制したのは、和臣の凜とした声だった。

和臣は険のある重忠の眼差しを揺るぎなく受け止め、迷いなく言葉を紡いだ。

「わかりました。私は何があっても透を手放したくない。仕事はもちろん大事ですが、透とどちらかを選べと言われたら、透しか選べない。私は仕事を辞め、結城邸から出て行きます」

「和臣さん！」

動揺して大きな声を出した透に和臣がいつもの穏やかな眼差しを向ける。その優しい笑顔を見た瞬間、彼の決意の固さを思い知る。

ぎょっと目を見開いた重忠が、狼狽気味に身を乗り出した。

「――な、なんだと？　本気で言っているのか」

和臣は堂々とした態度で胸を張り、深く頷く。

「父上……私には何よりも透が大切です」

重忠は言葉を失い、そっと眉間に皺を寄せ和臣の顔を見返した。

心臓がドクドクと強く鳴り、体が硬直したように動かない。

（どうしよう……和臣さんに迷惑をかけたくなかったのに……大変なことになってしまった）

唇を引き結び緊迫した面持ちの透の肩に、和臣が優しく手を置いた。

その手のひらから伝わる熱に目頭が熱くなり、ひくっと喉が鳴る。

「透、苦労させるかもしれない。それでも、私のそばにいてくれるか？」

透の全身が歓喜で震えた。彼はすべてを捨てても自分にそばにいてほしいと望んでくれている。

（僕なんかのために……っ）

この幸せに手を伸ばしていいのだろうか。

（僕は和臣さんと一緒にいたい。それが和臣さんにとっても幸せだと信じたい）

震える手を和臣の逞しい体に回し、潤む瞳で言葉を紡ぐ。

「本当に……いいんですか？」

「君を愛している。ずっと君と一緒に生きていきたい」

「和臣さん……」

「君の他には何もいらない」

プロポーズのような真摯な言葉に、堪えていた気持ちが一気にあふれ出し、透の瞳から熱い涙がこぼれ落ちた。和臣の手がそっと両頬を包み込み、彼の指が優しく涙を拭う。

「僕も……和臣さんのそばにいられるのなら、他に何もいりません。苦労だって平気です。だから……どうか僕をそばに置いてください……っ」

言い終えるより早く、息が止まるほど強く抱きしめられた。彼のあたたかな体温が伝わってくる。込み上げてくる想いをそれ以上言葉にできず、力の限り和臣の背中にしがみついた。窓の外は雨が上がり、窓ガラスの水滴が白い陽射しを反射している。

ふいに、背後から重忠の呆れたようなため息が聞こえてきた。

「たった一度でいいと言っているに……それほどまでに大切なのか。わしには理解できぬ」

苦々しく言った重忠だが、透と和臣に向ける眼差しにもう険は感じられない。

「沈着冷静に仕事をこなす和臣がそこまで想う透を味わってみたかったが……仕方がない。和臣の能力はわし以上だ。お前以外に結城グループを任せられる者はいない。……それなのに辞められると困るではないか」

「父上……？」

和臣は呆然と重忠を見つめていた。その視線を受け止め、重忠は気まずさを振り払うように大きく咳払いをする。

「和臣は今以上に仕事に打ち込め。いいな？　それから透……」

不機嫌そうな重忠の声に、透はおずおずと顔を上げた。

「はい」

どんな処分も咎《とが》めも受け入れる覚悟で、姿勢を正した透は唇をぐっと噛みしめる。

「……和臣のパートナーなら、わしにとって義理の息子ということになる。透とわしも家族だ」

「え……？」

「和臣にはCEOとして重大な責務を担ってもらわなくてはならない。透、これからも和臣のことを頼むぞ。それから陽太のことも」

「それじゃあ……許してもらえるんですか？」

重忠は鼻を鳴らし、諦観の滲んだ声でしみじみと呟く。

「これほど深く想い合っている姿を見せられたら、わしとて諦めるしかない。これからもお前たち二人は結城邸で暮らせばよい。わしは邪魔しない」

自分に言い聞かせるように言った重忠の顔は、どこかさっぱりとしている。

（重忠さんが許してくれた……）

込み上げてくる熱い気持ちが胸を締めつけ、和臣の端整な横顔を見上げる。溜めていた息をゆっくりと吐き出した和臣の顔にようやく安堵が浮かんでいる。

「父上、ありがとうございます……これからも全力で結城グループCEOとして邁進《まいしん》していきたいと思います」

「……ああ、任せたぞ」

毅然《きぜん》とした和臣の声が響き、重忠が深く頷いた直後、廊下から複数の足音と騒がしい声が聞こえてきた。

「……お待ちください。どうか落ち着いてくださいますよう……」

「退《ど》いてちょうだい！」

徳川と美也子の声だと気づき、重忠が渋面で叫んだ。

「騒がしい。いったい何事だ？」

つかつかと美也子が室内へ入ってきた。彼女の後ろで徳川が身を縮ませている。

「美也子……何か用か？　お前からわしに会いにくるなんて珍しい」

険しい表情のまま、美也子がきつい眼差しを重忠に向ける。

「あなた……わたくしになんの連絡もなく、結城邸の敷居を跨《また》ぐとは」

「何を言ってる。ここだってわしの家だ」

「あなたの家は愛人の住むマンションでしょう！」

怒声と共に美也子の手がドアの近くにあった一輪挿しを摑み、それを重忠へ投げつけた。ヒュッと乾いた音がして、透が「危ない」と叫ぶより前に、和臣が素早く動いて重忠の腕を引く。一輪挿しが重忠の目の前を通り、破裂音を響かせて白壁に当たり、砕け散った。

「な、何をする！　危ないだろう！」

激昂して叫ぶ重忠を、美也子が冷たく一瞥した。

「あなたは昔から愛人ばかり作って……いい年になってもまだ……」

苦々しく睨みつける美也子の唇がわなわなと震え、いきなり手を振り上げると、重忠の頰を思い切り強く平手打ちした。重忠は打たれた頰を押さえ、美也子を睨み返す。

「手加減なしで殴るな。痛いじゃないか」

「今まで散々、妻であるわたくしを放っておいて……よく堂々とここに顔が出せたわね。今日こそもう堪忍袋の緒が切れたわ」

憤怒を浮かべた表情で睨みつける美也子を見て、重忠がぴくりと眉尻をうごめかした。

「そんな鬼の形相で睨むな、美也子。わしの妻はお前ひとりなのだから」

その声音に艶が含まれていることに気づき、透が「あっ」と思った瞬間、重忠が美也子の腕を掴んだ。

「触らないで!」

美也子が金切り声を上げたが、重忠は掴んだ手を引き寄せ、じっと見つめる。

「お前の手、しわしわだな。若作りしていても年には勝てぬか」

「な……っ」

頬を染めた美也子が重忠の手を振り払い、近くにあった置物を掴んで投げつける。重忠がぎょっとして避《よ》けると、派手な音を立てて壁に当たった。

「あなたなんて……っ」

美也子はサイドテーブルの上に載っていた本や小物入れをかたっぱしから掴んで重忠へ投げつける。

(うわ……)

もう誰にも止められない雰囲気だった。和臣も見守ることしかできないようで、徳川は唖然と口を開けている。

今まで好き勝手をして愛人を作りたい放題だった天罰が下ったのか、飾り棚の下敷きになった重忠は、大きなたんこぶを作って、その日のうちにそそくさと都内のマンションへ戻って行った。

それからひと月が経ち、外を吹く風が冷たさを増し、空気が冷え冷えと張りつめてきた。

和臣は今までどおり、結城グループCEOとして多忙な日々を送り、透は今夜も遅く帰宅した和臣と二人、暖房を効かせた和臣の部屋で、徳川が用意してくれたワインと軽食を摘《つま》んでいる。ワイン好きな和臣の影響で、以前はすぐに酔ってしまった透だが、少しだけ酒に強くなった。

「……なんだか心配です……」

思わず呟くと、ソファの隣に座っている和臣が、グラスをテーブルに置いてこちらを見た。

「父上たちのことか？」

「ええ……」

透と和臣を含め、結城邸の誰もが驚いたが、昨日から重忠と美也子が新婚旅行以来初めて、二人で旅行に出かけている。

深く想い合っている透と和臣を見た重忠が、このひと月の間に美也子を懸命に説得し、旅行にこぎつけたらしい。行先は美也子の希望でヨーロッパになり、三週間かけて巡ってくる予定だ。

「また喧嘩《けんか》をしてないといいんですけど、大丈夫でしょうか」

不安げに呟いた透に、和臣が苦笑を漏らす。

「夫婦喧嘩は犬も食わないというし、きっと大丈夫だろう。それより陽太は最近どうしている？」

このところ和臣は仕事がさらに多忙を極め、帰宅後に陽太に会えない日が続いている。透は元気づけるように言った。

「学校で楽しく過ごしているようですし、絵が好きなお友達と、今度スケッチに出かけるそうです。……よかったら今度、和臣さんがお休みの時に陽太くんも一緒にお弁当を持って出かけませんか？」

「そうだな。それはいいアイデアだ。透、ありがとう」

「いえ、そんな……」

熱い眼差しで見つめながら、和臣が透の肩を抱き寄せる。

「仕事が忙しくて陽太に会えないのは寂しいが、透の顔を見たら元気が出るよ」

「和臣さん……」

甘い囁きに心臓がトクンと跳ねる。端整な和臣の顔が近づき、透の唇が彼の唇で塞がれた。

角度を変えながら口づけを深めていると、コンコン、とノックの音が響き、透を抱擁する和臣の腕の力がゆるむ。

「こんな時間に――」

秀麗な顔を険しくした和臣がため息をつき「どうぞ」と答えると、入ってきたのは隆文だった。

「――兄上……？」

ざっくりとしたセーターにベージュのタックパンツというラフな服装の隆文が、上着を脱ぎカラーシャツにネクタイのノットをゆるめただけの和臣を見て眉を吊り上げる。

「相変わらず、仕事で毎日、遅くなっているようだな。嫌になったらいつでも俺が代わってCEOの座に就いてやる」

隆文は嫌味な口調とは裏腹に、口元に笑みを浮かべて室内を見渡した。

隆文が異母弟の部屋を訪れるのは久しぶりのようで、和臣は大きく見開いた茶色の双眸を瞬かせ、ソファへ座るように隆文を促した。

二人にコーヒーを淹れ、和臣の隣に腰かけると、気になっていたことを訊いてみる。

「あの、隆文さんはなぜ、重忠さん、美也子さんと一緒に旅行に行かなかったんですか？」

隆文が「何を言い出すのかと思ったら」と呟き、くくっと喉を鳴らして笑った。

「……今さらあの二人がうまくいくかわからんが、夫婦水入らずの方がいいだろう。それに俺だって仕事が忙しい。ユーキテクノロジーの経営がようやく軌道に乗り始めた。これからだ」

隆文はユーキテクノロジーの社長として真剣に仕事と向き合うようになり、このひと月で顔つきが少し変わった。隣に座っている和臣も隆文を頼もしそうに見つめている。

ローテーブルの上のソーサーを手に取り、隆文が熱いコーヒーをひと口飲んで、独り言のように呟いた。

「それにしても意外だ……。昔から、和臣のモテ方はすごかった。どんな女性でも選び放題だったのに、まさか男の透に本気になって、ＣＥＯの立場さえ捨てようとしたなんて……本当に驚いた」

和臣は透に視線を移し、優しく微笑むと、視線を隆文へ戻した。

「これから先、共に生きていきたいと思ったのは透ひとりだけ。選んだ唯一の相手がたまたま同性だったということです」

「和臣さん……」

膝に置いた手をそっと上から握りしめられて、はにかんだ笑顔を返すと、隆文が眉根を寄せて聞こえよがしな咳払いをした。

「お前たちは本当に仲がいいな。俺は独身主義だったが、お前たちを見ていると、結婚もいいかもと思うようになった」

「隆文さん、独身主義だったんですか？　知りませんでした。あの、恋人は？」

和臣と似ている隆文なら、きっと女性からモテるはずだと思って尋ねると、隆文が肩をすくめる。

「来るもの拒まずで、付き合った女はたくさんいるが……そもそも俺はあの両親を見て育ったせいで結婚したいなんて今まで一度も思ったことがなかった。しかし、透のような女性がいれば、考えてもいいと思っている」

「えっ、僕みたいな……女性……？」

キョトンとした透を見て、隆文が目元をゆるめる。彼は透を見つめたまま、吐き出す息に乗せて言った。

「初めて会った時から、気になる存在だったよ、お前は」

いつになく神妙な顔の隆文を前に、透は返答に迷う。隣に座っている和臣の肩がピクリと動いたことに気づいてそっと視線を向けると、真っ直ぐに隆文を見据えている眉がひそめられている。

「透に手を出したらいくら兄上でも許しません」

咎めるような和臣の口調に、隆文が体を屈めて笑い出した。

「まさか和臣が俺に嫉妬して、そこまで躍起になるとは……ハハハッ」

透への独占欲を隠そうとしない和臣に、隆文はしばらく腹を抱えて笑っていたが、少ししてから、どこか本気の口調で囁いた。

「俺も唯一無二の相手に早く出会って、和臣みたいに無様で一途な恋愛がしたいものだ」

「――無様……？」

訊き返した和臣を見て、隆文の唇にゆっくりと意地悪そうな笑みが浮かぶ。

「そうだ。結城グループトップのＣＥＯが……仕事ができて雑誌やテレビに大きく取り上げられ、近寄りがたい精鋭と評される和臣が、中学生みたいに嫉妬して透を独占しようとしている。そんな泥臭い感情は、お前には無縁だと思っていた」

「確かに私は、今までこんな気持ちは知らずに過ごしてきました。でも今は誰よりも何よりも……自分の命よりも透が大切です」

和臣の熱い言葉と眼差しに応えるように、透も深く頷く。

「和臣さんのおかげで、本当に幸せです。僕も同じ気持ちです」

「透……」

目を見合わせると、彼の茶色の瞳に映った自分も微笑んでいる。それを見ただけでなぜか胸が締めつけられるように切なくなった。

（僕は本当に和臣さんのことが好きなんだ……）

そう思った刹那、その気持ちが伝わったのか、和臣がいきなり手首を摑んで透を抱き寄せた。

優しく髪を撫でる和臣の手から熱が伝わり、そばにいて触れてくれるこのあたたかさがどれほど大切なのか感じながら、透はそっと目を閉じる。

ふいにゴホゴホと先ほどよりも大仰な隆文の咳払いが聞こえてきた。

「……それじゃあ俺は自室へ戻る。和臣、透、邪魔したな」

隆文はニヤリと揶揄《やゆ》するような笑みを浮かべ、和臣と透を見つめると、ひらひらと片手を振って部屋から出て行った。

静かになった室内で、透と和臣は顔を見合わせて微笑みを交わし合う。

「透、星がきれいだ」

和臣が立ち上がり、窓を開けた。漆黒の夜空に星が煌めき、冷たさを増した夜風が透の黒髪を優しく揺らす。透も和臣の隣に立ち、窓の外を見つめた。

どこまでも続いている夜空を見ていると、ヨーロッパを旅行中の重忠・美也子夫妻のことが思い出された。

「重忠さんが浮気を控えるようになるといいですね。そしたら、美也子さんが都内のマンションで暮らすことになるかも。重忠さんは都内の生活が気に入っているようでしたから」

「……透、今は父たちのことより、私のことを考えてくれないか」

「え？」

子供っぽい口調に驚いて和臣を見上げると、くしゃくしゃと優しく髪を掻き回された。すっと和臣が踵を返して扉に近づき、鍵をかける。

「和臣さん……？」

「これ以上、邪魔が入らないように」

施錠する理由に思い当たり、透は戸惑いながら頬を朱色に染めてうつむいた。

「おいで、透……」

和臣が両手を伸ばして、窓辺に立つ透を背後から引き寄せ抱きしめる。逞しい腕、頬に触れるやわらかな髪、体温……和臣のすべてが愛おしい。万感の想いが胸からあふれて言葉を紡ぐ。

「和臣さん……愛しています」

和臣は双眸を細めて透を見つめる。

「私も君を愛している……これからも私のそばにいてくれ。ずっと君と生きていきたい」

真摯な言葉が胸を突き、透は大きく頷いた。和臣が優しく透の手を取り口づける。舌先で手首の血管を辿るように舐められ、指先が小さく震えた。

「……夢みたいです。僕……和臣さんは手の届かない人だと思っていて……すごく幸せで……でも、幸せすぎて、夢のように消えてしまうのではないかと……」

立場が違うから……という言葉を呑み込み、まつ毛を伏せる。

「そんな心配は杞憂だ。私が君のものだということを、その体に刻みつけよう」

甘さを含んだ声が断じた直後、くるりと視点が変わり、重心が傾ぐ。

(あ……)

目を瞬いた時には、ベッドの上に仰向けに押し倒されていた。

「……和臣、さ……ん……」

双眸をゆるめた和臣が熱を帯びた眼差しで透を見下ろしている。間近で目が合うと、胸がきゅうっと締めつけられた。

和臣の部屋の天蓋付きベッドは大きく、彼は膝立ちのまま、流れるような動きでネクタイをするりと解き、カラーシャツのボタンを外すと、ぱっと脱ぎ去って無造作にチェアの座面に投げた。

張りつめた彼の筋肉は余分なものはひとつもない。その美貌にふさわしい、美しく引き締まった肉体を見て、透の頬に血が集まって熱くなる。

「透……好きだよ」

甘く囁いた和臣の腕が腰に回ってきて、強く引き寄せられた。

「……和臣さん……」

声が上ずると、励ますように優しく抱きしめられ、背中を撫でられた。

「……君からキスしてくれないか」

「僕から、ですか？　わ、わかりました」

心臓がドキンドキンと鼓動を速め、緊張しながら和臣の首にそっと腕を絡める。自分からキスするのは、キスされるより緊張する。透はぎこちなく和臣の頬に口づけた。

「頬じゃなく、唇にしてくれ」

くすぐったそうに肩を揺らした和臣の囁くような声音が唇をかすり、次の瞬間、あたたかな唇が重なってきた。啄むように唇を吸われ、心臓がドクンッと甘く跳ね上がる。

「んっ……う……」

巧みな口づけを施しながら、和臣の手が透の服を捲り上げ、あっという間に剝ぎ取られて上半身が露わにされた。

真っ直ぐに向けられる視線に、小さく体が震える。

「ま、待ってください……」

「どうした？」

重忠の愛妾になることを断った日から、幾度となく和臣に抱かれている。体だって隅々まで見られているとわかっていても、理想的な体躯を持つ和臣の目に細くて小柄な体を晒《さら》す時、いつも気後れしてしまう。

「僕は……貧相な体だから……」

「君は世界中の誰よりもきれいだ。もっと自信を持ってくれ」

優しく口づけられ、舌を絡められる。舌先を擦り合わせたぬるりとした感触に気を取られている隙に、スラックスのベルトが外された。

「……あ……っ」

下着をずり下げるようにして脱がされ、一糸纏わぬ姿でベッドに組敷かれる。

「は、恥ずかしいです……」

「そういうところも愛しいが、私の前ではもう少し大胆になって、君からおねだりしてくれるとうれしい」

切なげな眼差しに胸が熱くなっていく。

覆いかぶさるようにして、和臣が手のひらで優しく体に触れてきた。肌の上を滑るような慎重な愛撫が心地いい。

首筋に口づけられ、くすぐったさに身じろぐと、耳朶から鎖骨へとキスの雨が落ちてきた。

その唇が胸の尖端に達し、咥えながら強く吸い上げられる。舌先で乳輪を辿るように舐め上げられ、片方を長い指先で愛撫されて、じわじわと体温が上がっていく。

「ふ……、あぁ……っ……」

舌で乳首をなぶるように転がされ、指で擦られて、じわりと瞳が潤む。

尖端が硬くなると同時に、下肢が火を点けられたように熱を帯びていく。勃《た》ち上がった欲望を隠そうと透は腰をくねらせ、身悶えた。

透の昂りに気づいた和臣がふっと目元をゆるめた。

「透、どうしてほしいか言ってごらん」

「あ……僕……」

羞恥で声がかすれると、励ますように髪を優しく撫でられる。

透は和臣とひとつにつながる瞬間も好きだが、彼の手で性器を愛撫されるのも好きだ。恥ずかしくて自分から催促したことはないのに、今夜の和臣は含み笑いで焦《じ》らすような眼差しを向けてくる。

「意地悪しないで……ください」

非難を込めて呟くと、和臣が口角を上げて優しく笑った。

「私に遠慮は無用だ。ちゃんと言ってごらん」

和臣の甘い声音に透は小さく頷き、潤んだ瞳で告げる。

「か、和臣さん……っ、ぼ、僕……僕の前に、触れて……ください」

「ちゃんと言えたね。可愛い私の透……」

和臣は首筋まで真っ赤になった透の額に唇を押し当て、勃起している欲望を包み込むように握った。

「あっ……和臣さん……っ」

指先で尖端をつつかれ、くびれを愛撫される。緩急をつけながら欲望をしごく和臣の手の動きが執拗で、追い立てられるように透は首を横に振った。

「……くっ……そんなに、したら……も、もう……」

腰がピクピクと震え、下肢からぞくぞくとした快感が湧き上がってくる。達してしまいそうで、懸命に身をよじって昂りを逃そうとする。

「私が口で受け止める」

「えっ……？」

体をずらした和臣がいきなり透の欲望を口に含んだ。

熱く濡れた口腔内にペニスが包まれる感覚に「あぁっ」と悲鳴を上げる。

「やっ……そんなところ……口に……っ、ダメ……っ」

懸命に両手で和臣の頭を押し退けようとするが、逞しい体はビクともしない。

恥辱で耳まで真っ赤になった透が身悶えている間に、和臣は舌で透の欲望を丹念に愛撫し続けた。

「う……っ、く、あ……っ」

昂っている根元から亀頭までを舌で辿るようにゆっくり舐められると、腰が淫らに揺れてしまう。

舌先で敏感な尖端を強く吸われた直後、和臣の手が袋を摑んだ。ふたつの球を優しく揉み込まれ、薄く開いた口から嬌声がこぼれ落ちる。

「ひっ……んん……っ、あぁ……」

最愛の人の舌で欲望を愛撫され、背筋がぞくぞくと粟立ち、下腹が発熱しているように熱くなっていく。

くちゅくちゅと粘ついた水音が室内に響き、根元から尖端までを強く吸い上げられて、このままでは彼の口の中に出してしまうという焦燥感に駆られ、身をよじる。

「いや……っ、口に……っ、で、ちゃう……、や、めて……っ」

頭を左右に振って懸命に抑えようとするが、和臣は吐精を促すように巧みな舌遣いで追い上げてくる。裏筋を擦り上げられ、感じる尖端をなぶられて、我慢しようとしているのに、止めどなく声が漏れてしまう。

「あ、あ、あ……っ、んっ、い、いっちゃ……っ」

下肢を突き抜ける快感の波にさらわれ、透は背中を大きく反らせながら和臣の口腔内に射精した。

「やっ――、あぁ……ッはぁ……、はぁ……っ」

吐精の余韻に浸りながら、恐る恐る和臣を見ると、彼はゆっくりと透の白濁を飲み込み、端整な口元にこぼれた一筋を手で拭っていた。

その仕草にこの上ない色香を感じ、胸がぎゅっと締めつけられ、彼の口に出してしまった事実に唇を嚙みしめる。

「ご、ごめんなさい。僕……」

「謝ることはない。私が飲みたかった」

「の、飲んだんですか？　そんな……」

「美味しかったよ」

すっと透の頬を撫で、瞼に優しいキスが落ちる。

「ひとつになろう。透、私を受け入れてくれ」

「はい、和臣さん……」

頷いた刹那、和臣がベッドサイドのテーブルから潤滑剤のジェルを取り出した。トロリとした液を塗った指が後孔の中に入っていく。

「……んっ、あ、うぅ……」

解すように挿入された指を動かされて、達したばかりで敏感になっている体がわななき、異物が入ってくる感覚にさえ腰が揺れてしまう。

「中がもう熱くなっている。君は本当に敏感だ」

耳元で囁いた和臣がゆっくりと指を二本に増やした。

「あ……っ、く……」

狭壁をマッサージするように優しく擦り上げられて、じわじわと全身が熱を帯びていく。次第に下肢の付け根がとろけてしまいそうに疼き出した。

「……あ、あっ……うぅ……っ、和臣……さ……ん」

愛する人の手で触れられ、皮膚が燃えるように熱くなる。

ふっと微笑んだ和臣が、後孔をたっぷりと愛撫しながら、片方の手で透の欲望に触れる。上下に手を動かされ、クチュッ、クチュッと水音が聞こえた直後、昂りから蜜がとろりとあふれた。

「んんっ……あ、あ、あ……っ」

中と前の両方を愛撫され、指を這わされた場所から水音が響き、快感が滲み出す。

責め立てる和臣の指の動きに、先ほど達したばかりの透の欲望が勃ち上がり、蜜が次々と尖端を濡らしていく。

「回復が早いね。もうこんなに濡らしている」

和臣の艶のある表情が近づき、唇が重なる。ゆっくりと啄むように口づけながら熱い舌を絡められ、引き締まった和臣の腹筋に欲望が擦られて「んんっ」と小さく声が漏れた。

「透……挿《い》れるよ」

ベッドを軋ませた和臣に、上に覆いかぶさるようにして腰を引き寄せられた。

灼熱が後孔にあてがわれた刹那、ゆっくりと解された狭孔が熱を帯び、その奥が和臣を待ち焦がれてドクドクと疼き出す。

「愛している、透――」

「和臣さん……」

燃えるように熱い和臣の灼熱が透の体を割り、体重をかけるようにして中へ潜り込んでくる。

「あ……んっ、く……っ、あぁっ……」

ひくひくと波打つ狭道が和臣の欲望で押し広げられ、透のかすれた声と弾んだ吐息が部屋に響く。

ひとつになる瞬間は何度経験しても衝撃的で、腰が震えてしまう。しかし苦しいわけではなく、ひとつになれる歓喜に心が打ち震え、全身で愛する人のぬくもりを味わうこの瞬間、愉悦の波にすべてが溶け出していくようだ。

「か、和臣、さ……んっ、ん……っ、あ……」

体を強張らせながら声を上げ、灼熱を根元まで呑み込む。狭孔の奥まで埋め尽くされた時、喉を仰け反らせる透の白い首筋に嚙みつくようなキスが落とされた。

「あぁ……いっ、いい……っ」

隙間なくぴっちりと埋め込まれたまま、愛する人に貫かれ、揺さぶられて、腰が淫らにうねる。込み上げてくる愉悦に押し流されそうになり、ぎゅっとシーツを握りしめた。

「君の中が熱くうごめいてる。気持ちよくてどうにかなりそうだ」

和臣がゆっくりと揺さぶるようにして中を穿ちながら甘く囁いた。

下腹部に熱が集中し、行き場を探して今にも爆発しそうだ。背中が浮き上がり、透は官能に翻弄される。

「やっ……あっ、あ……も、もう……僕……っ」

狭道を掻き回すように和臣の欲望の動きが苛烈になり、疼いて仕方のない体が小刻みに震え出した。

「感じている君も、とてもきれいだ……」

耳元で囁かれ、さらに体温が上がる。すでに蜜が先端からあふれてぬるついている欲望を強く握られ、ぐにゅぐにゅと愛撫するように手の中で揉み上げられて、頭の中がぼうっと霞む。

「あ――あっ……は……っ、う……」

「君の中……苦しいくらい、締めつけてくる……」

上ずった声が落ちた直後、ずるっと引き抜かれ、ずんっと勢いよく突き上げられた。

「――ッ」

襲いかかってくる快感の波に腰が浮いて、無意識のうちに彼の灼熱をぎゅっと締めつける。

和臣が喉の奥で息を詰め、はっと熱い息を吐いた。

「愛している。透……」

「……ぼ、僕もです……あ、愛して……っ、あ、あぁっ……」

下から突き上げられ、同時に欲望を擦られて、頭が真っ白になるほど強烈な快感に襲われる。

「君は私だけのものだ。透……」

和臣は透の上に倒れ込むようにして体重をかけ、両脇から腕を回すと、華奢な肢体を強く抱きしめた。

肌と肌がぴたりと触れ合い、互いの体の境界線が曖昧になる感覚と共に、彼の欲望に穿たれて、ピリピリと電流が流れるような衝撃に背を反らせる。

「んっ、んぅっ……、うぅっ……あっ！　……あぁっ……」

「透……もっと私を感じてくれ」

小刻みに腰を揺らされて、敏感な壁を抉られる感覚に、透は白い喉を仰け反らせながら喘いだ。

「やっ、あ……そ、んな……う、僕……また……っ」

最奥まで貫かれ、深い場所を穿ったまま腰を回されて、脳天まで快感が突き抜ける。同時にひくひくとうごめく狭肉が灼熱を締めつけ、和臣が低い呻き声を漏らした。

「くっ……透……っ、透……」

極限まで上りつめた透に口づけながら、和臣はさらに激しく抽送を繰り返し、中を貪る。

「……んっ、く……あ、和臣さ……っ、あ、あぁ……」

和臣の顎から汗が落ちて、透の胸に落ちる。透は大きく揺さぶられながら和臣の背に手を回した。大きなベッドがぎしぎしと軋むほど激しく突き上げられ、目の前に白い火花が散る。

「──あ、あ……っ、ンッ、ンン……」

ひときわ強く和臣の灼熱を締めつけながら、快楽の白濁を噴き上げる。

「くっ！　透……っ」

体を強張らせた和臣が中で弾けた。最奥へ熱い飛沫を注ぎ込まれて、透はふるりと体を震わせる。

大きく息を吐き、灼熱を引き抜いた和臣が双眸をゆるめ、掻き抱くように透を抱きしめた。

「……は……っ、はぁ……、和臣、さん……」

密着した体から和臣の速い鼓動とぬくもりを感じながら、幸せを噛みしめるように見つめ合う。

汗で湿った体を優しく抱きしめられ、唇が重ねられた。唇を開いて熱い舌を受け入れる。

「んぅ……、う……」

痺れるような快感が背筋を走り抜け、息が苦しくて身悶える。

拘束が解かれ、一拍置いた和臣が欲情の色を帯びた真剣な眼差しで見つめてくる。

「和臣さん……？」

「すごくよかった。だけど、まだ足りない」

「え……？」

「もう一度、すぐに君が欲しい」

「……っ、あ、でも……僕……っ」

透の言葉を呑みこむように深く口づけられた。

舌を絡め合い、口腔内を隅々まで貪られ、全身がとろけてしまいそうになる。

「……ぁっ、んっ……」

すべてを味わい尽くし、代わりに自分自身を刻みつけるかのように深く口づけられ、二度も放出したはずの欲望が屹立する。

心も体もすべて和臣とつながっている。胸の中に広がる情動のまま、口腔内の熱を分かち合い、唇が塞がれたまま体重をかけられ、ゆっくりとベッドへ倒れ込んだ。

「ん、ん……っ、あ……」

「透……愛している。まだ君が欲しい」

激しくなる胸の鼓動を感じながら、口づけを深めていく。

「透……っ」

「あっ、あ、あ……っ」

深々と突き上げられ、奥を穿つような抽送を送り込まれて、しっとりと濡れた頭の中で全身が小刻みに震え出す。

「うぅ……っ、くっ……、和臣さん……っ、あっ、愛して、います……」

熱に浮かされたように呟くと、中にある和臣の剛直がさらに大きさを増した。耳元に甘い囁きが落ちる。

「君は私の理性をすべて奪うつもりなのか」

「和臣……さん……？」

切れ長の瞳に凝視されてドクンと胸の鼓動が乱打し、最も奥深い場所が熱く濡れる。

合わさった胸から伝わる鼓動が激しいと感じた刹那、猛々しい灼熱でぐちゃぐちゃに突き上げられた。掻き回されて、脳髄が甘く痺れるような快感が全身を駆け抜けていく。

「いっ、く……、あぁっ！　ふ……ぁ……っ……」

「……透……、くっ……、う……」

たっぷりと情熱を浴びせられた瞬間、同時に絶頂へと押し上げられる。

つながったまま強く抱き合い、尽きぬ情動のまま、二人はとろけるような幸福の余韻に浸った。

ふわりと風が頬を撫で、静かに冬の陽射しが降り注いでいる。

多忙な和臣が仕事の休みを取れた日曜日の午後、透の両親が眠っている円海山《えんかいざん》の麓《ふもと》にある折原家の菩提寺《ぼだいじ》の墓地に和臣の運転で向かった。

「その角を曲がった二番目です」

境内を和臣と二人で歩き、折原家の墓の前に来ると、透は持ってきた花と線香を供えた。和臣が手《て》桶《おけ》から墓石に水をかけ、二人でゆっくりと手を合わせる。

（父さん、母さん……残ってた借金をすべて返済し終わりました。それで、以前住んでたアパートを解約して、和臣さんや陽太くんたちと結城邸で元気に暮らしています。僕の隣にいるこの人が和臣さんです。この先どんな困難があっても、僕は和臣さんと一緒にいたいと思ってます。僕は和臣さんを心から愛しているから……）

両親に和臣を紹介するつもりが、のろけているような報告になってしまい、透は頬を朱色に染めながら、隣で礼拝している和臣の端整な横顔をそっと見つめた。目を閉じて合掌している和臣の真摯な表情に、心臓が高鳴る。

（……姉さんと義兄《にい》さんは九州で仲良く暮らしています。新緑の頃に、姉さんに赤ちゃんが生まれるから、そうしたら二人ともおじいちゃん、おばあちゃんになりますね。姉さんも僕も幸せに暮らしています。父さん、母さん、安心してね……）

合掌したまま透は深く頭を垂れた。

「和臣さん、忙しい中、両親のお墓参りに来てくれて、ありがとうございます」

分刻みの多忙なスケジュールで動いているＣＥＯの和臣が、わざわざ時間を作ってくれたことが、透は何よりうれしい。

彼は小さく首を横に振り、優しい声音で呟いた。

「君の両親の墓参りをするのは家族として当然のことだ。私だけじゃない。徳川や山崎、他の使用人たち、屋敷のみんなが君の家族だよ」

「家族……」

穏やかだが力強い和臣の言葉が胸の奥まで染み込み、透の全身へ広がっていく。

過去を変えることはできない。両親を失ったあの朝のことを悔やむ気持ちは今もある。

それでも過去を受け入れ、前を向きたいと思う。過去に意味を与えるのは、生きている人間なのだと気づいた。

ずっと一緒にいたい、そう思える人と巡り会えた自分は本当に幸せだと思う。

両親にこの気持ちが伝わっただろうか。優しかった二人はきっとよろこんでくれているはずだ。透が顎を上げて空を仰ぐと、抜けるような淡青《たんせい》が広がり、やわらかな風が髪を揺らした。

くしゅん、とくしゃみをすると、和臣が優しく肩を抱き寄せた。

「寒いのか？」

「大丈夫です」

やわらかな陽射しの中で、こちらを見つめる和臣の茶色の瞳に穏やかな光が浮かんでいる。

「風邪をひかないようにそろそろ帰ろう」

和臣に促され、寺の駐車場に停めていた黒色の高級車の助手席に乗り、結城邸へ戻る。

玄関アプローチに着いて車を降りると、庭園前のベンチに座って絵を描いていた陽太が気づき、こちらへ駆けてきた。

「透さーん、和臣兄さまー、お帰りなさーい」

元気よく陽太が透に抱きついてくる。透は陽太に笑顔を向け、優しく答える。

「ただいま、陽太くん。ねえ、今度和臣さんのお仕事が休みの時に、お弁当を持ってピクニックへ行かない？」

「わぁ、行く、行くー、透さんと和臣兄さまと一緒にピクニック、すごくうれしいー」

「陽太、最近、風邪をひかなくなったな」

「うんっ、和臣兄さま」

目を細めて陽太の小さな肩をポンポンとたたいた和臣が「来週には少し仕事が落ち着くと思う」と言って微笑んだ。

「楽しみー、あのね、今日、友達の山根くんが遊びにくるんだよー。一緒に絵を描くの」

「そうか、陽太が家に友達を連れてくるのは、初めてだな。よかった」

「うんっ。そうだ、おやつは何か徳川に訊いてくるー」

うれしそうに笑って、陽太が穏やかな笑みを浮かべて玄関に立っている徳川の元へ、パタパタと小走りに駆けて行く。

やわらかな陽射しに包まれて、透は手を伸ばせば届くような青色の空を振り仰いだ。

誤解があってすれ違ったこともあった。それでも和臣のことを諦めることができなかった。

これから先も彼を愛することをやめるなんてできないだろう。

そんなことを考えていると、和臣の大きな手に肩を優しく抱き寄せられた。

「透、ぼうっとしてどうした？　風邪の初期かもしれない。大丈夫か？」

心配そうな和臣の声に透が首を横に振る。

「大丈夫です。風邪じゃなくて……」

「うん？　体調が悪いのなら、邸内の主治医に診てもらおう」

透は肩を抱いている腕を外して向き直り、背伸びをして和臣の首に両腕を回した。ぎゅっと強く腕に力を込め、彼の耳元に囁く。

「……幸せすぎて、胸がいっぱいなんです。和臣さん、愛しています」

透の言葉に和臣は目を瞠り、すぐに端整な顔を優しく微笑ませた。とろけるようなその笑顔を見つめ返し、透の唇から満ち足りたため息がこぼれ落ちる。幸せに包まれて、二人は寄り添うように並んで歩き出した。

あとがき

こんにちは。初めまして。一文字鈴《いちもんじりん》と申します。

この度は、たくさんの本の中から、『大富豪は無垢な青年をこよなく愛す』をお手に取っていただき、誠にありがとうございます。

リンクスロマンスさんで初めて新書を書かせていただきました。

緊張しすぎて、どんなストーリーにしようか、プロットで二ヶ月もぐるぐるしました。悩んだ末に、大好きな映画『プリティ・ウーマン』を思い出し、不幸せだった青年が、富豪の男性と出会って幸せになるというシンデレラストーリーを書くことに……。

本文を書き始めると、新書にふさわしい文章が難しく、時間がかかりましたが、透《とおる》くんも和臣《かずおみ》さんもとてもよく動いてくれたので、書いていている間、とても楽しかったです。

お手に取ってくださった方にも、なにか少しでも気に入っていただけるところがあればうれしいです。

今回、素敵な表紙と挿絵を描いてくださったのは尾賀《おが》トモ先生です。本当にありがとうございました。愛らしい透くんと凜々しい和臣さん。二人の華やかなイラストを見ていると幸せな気持ちになります。モノクロイラストも素晴らしくて、特に初期の透くんは髪で目が隠れていたので、イラストに描きにくかったと思いますが、素直で可愛い透くんを描いてくださり、心より感謝しています。

そして担当編集者様、わからないことばかりで、ご迷惑をおかけしてすみませんでした。なんとか書き上げることができたのは、的確で丁寧なアドバイスがあったおかげです。この場をお借りして御礼申し上げます。ありがとうございました。また、他の編集様やデザイナー様、この本の制作に携わってくださったすべての方々に、心からの陳謝と感謝を……。

そして何より、この本を手に取ってくださり、このページまで読んでくださった皆様へ心からお礼を申し上げます。皆様の存在が書く力となっています。本当にありがとうございます。

さて、この本が出るのは年末（十二月二十八日）なので、皆様がこの本を読んでくださっている時期はきっと、二〇一八年になっているだろうと思います。

健康で過ごせることに感謝しつつ、二〇一八年が皆様にとって幸多い年になりますようにと心よりお祈りしています。それでは、いつかまたお会いできますように……。

二〇一七年十二月　　一文字 鈴

月神の愛でる花
〜言ノ葉の旋律〜

つきがみのめでるはな〜ことのはのしらべ〜

朝霞月子
イラスト：千川夏味

本体価格870円+税

日本に暮らしていた平凡な高校生・日下佐保は、ある日突然、異世界サークィンにトリップしてしまい、そこで出会った若き孤高の皇帝・レグレシティスと結ばれ、夫婦となった。
優しく頼りがいのある臣下たちに支えられながら、なんとか一人前の皇妃になりたいと考えていた佐保。そんな中、社交界にデビューする前の子供たちのための予行会に、佐保も出席することに。心配ない場だとは分かっているものの、レグレシティスは佐保のことを案じているようで——？

リンクスロマンス大好評発売中

極上の恋を一匙

ごくじょうのこいをひとさじ

宮本れん
イラスト：小椋ムク

本体価格870円+税

箱根にあるオーベルジュでシェフをしている伊吹周は、人々の心に残る料理を作りたいと、日々真摯に料理と向き合っていた。腕も人柄も信頼できる仲間に囲まれ、やりがいを持って働く周だったが、ある日突然、店が買収されたと知らされる。新オーナーは、若くして手広く事業を営む資産家・成宮雅人。視察に訪れて早々、店の方針に次々と口を出す雅人に、周は激しく反発する。しばらく滞在することになった雅人との間には、ぎこちない空気が流れていたのだが、共に過ごすうち、雅人の仕事に対する熱意や、不器用な優しさに気付き始めた周は次第に心を開くようになり——……。

溺愛貴族の許嫁《できあいきぞくのいいなずけ》

妃川 螢

イラスト：金ひかる

本体価格870円+税

獣医の浅羽佑季は、わけあって亡き祖父の友人宅があるドイツのリンザー家でしばらく世話になることになった。かつて伯爵位にあったリンザー家の由緒正しき古城のような館には、大型犬や猫などたくさんの動物たちが暮らしていた。現当主で実業家のウォルフは、金髪碧眼の美青年で、高貴な血筋に見合う紳士的な態度で佑季を迎え入れてくれたが、その際に「我がフィアンセ殿」と驚きの発言をされる。実はウォルフと佑季は祖父たちが勝手に決めた許嫁同士らしい。さらに、滞在初日に「私には君に触れる資格がある」と無理やり押し倒されて口づけられてしまい――？

リンクスロマンス大好評発売中

夜の薔薇　聖者の蜜《よるのばら　せいじゃのみつ》

高原いちか

イラスト：笠井あゆみ

本体価格 870 円+税

二十世紀初頭、合衆国。州の中心都市であるギャングの街―。日系人の神父・香月千晴は、助祭として赴任するため生まれ故郷に帰ってきた。しかし、真の目的は、家族の命を奪ったカロッセロ・ファミリーへの復讐だった。千晴は「魔性」と言われる美しく艶やかな容姿を武器に、ドンの次男・ニコラを誘惑し、カロッセロ・ファミリーを内側から壊滅させようと機会を狙う。しかし、凶暴かつ傲慢なギャングらしさを持ちつつも、どこか繊細で孤独なニコラに、千晴は復讐心を忘れかけてしまう。さらに「俺のものにしてやるよ」と強い執着を向けられ、その熱情に千晴の心は揺れ動き……？

精霊使いと花の戴冠

せいれいつかいとはなのたいかん

深月ハルカ

イラスト：絵歩

本体価格870円+税

「太古の島」を二分する弦月国と焔弓国。この地はかつて、古の精霊族が棲む島だった一。弦月大公国の第三公子である珠狼は、焔弓国に占拠された水晶鉱山を奪還するため、従者たちを従え国境に向かっていた。その道中、足に矢傷を負ったレイルと名乗る青年に出会う。共に旅をするにつれ、珠狼は無垢な笑顔を見せながらも、どこか危うげで儚さを纏うレイルに心奪われていく。しかし、公子として個人の感情に溺れるべきではないと、珠狼はその想いを必死に抑え込むが、焔弓軍に急襲された際、レイルの隠された秘密が明らかになり——？

リンクスロマンス大好評発売中

妖精王の求愛

—銀の妖精は愛を知る—

ようせいおうのきゅうあい—ぎんのようせいはあいをしる—

飯田実樹

イラスト：亜樹良のりかず

本体価格870円+税

——美しき妖精王が統べるエルフと人間がバランスを保ち共存する世界一真面目で目端の利くエルフ・ラーシュは、世界の要である妖精王・ディートハルトに側近として仕えている。神々しい美しさと強大な力をあわせ持ち、世界の均衡を守るディートハルトのことを敬愛し、その役に立ちたいと願うラーシュ。しかし近頃、人間たちより遙かに長い寿命を持つエルフであるが故日常に退屈を感じだしたディートハルトに、身体の関係を迫られ、言い寄られる日々が続いていた。自分が手近な相手だから面白がって口説いているのだろうと、袖にし続けていたラーシュだったが——？

腹黒天使と堕天悪魔《はらぐろてんしとだてんあくま》

妃川 螢
イラスト：古澤エノ

本体価格 870 円+税

──ここは、魔族が暮らす悪魔界。その辺境の地に佇む館には、美貌の堕天使・ルシフェルが住んでいた。かつてルシフェルは絶対的な存在として天界を統べる熾天使長だったが、とある事情で自ら魔界に堕ち、現在は悪魔公爵として暮らしている。そんなルシフェルの元に、連日のように天界から招かれざる客がやって来る。それは、現・熾天使長であり、ルシフェルの盟友だったミカエルだ。ミカエルは「おまえに魔界が合っているとは思えん」と、執拗にルシフェルを天界に連れ戻そうとするが…？

リンクスロマンス大好評発売中

純白の少年は竜使いに娶られる《じゅんぱくのしょうねんはりゅうつかいにめとられる》

水無月さらら
イラスト：サマミヤアカザ

本体価格870円+税

繊細で可憐な美貌を持つ貴族の子息・ラシェルは、両親を亡くし、後妻であった母の遺書から、自分が父の実の子ではなかったと知る。すべてを兼ね備えた、精悍で人を惹きつける魅力に溢れる兄・クラレンスとは違い、正当な血統ではなかったと知ったラシェルは、すべてを悲観し、俗世を捨てて神官となる道を選んだ。自分を慈しみ守ってくれていた兄に相談しては決心が揺るぎ縋ってしまうと思い、黙って家を出たラシェル。しかし、その事実を知り激昂したクラレンスによってラシェルは神学校から攫われてしまい…!?

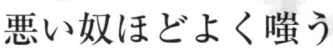

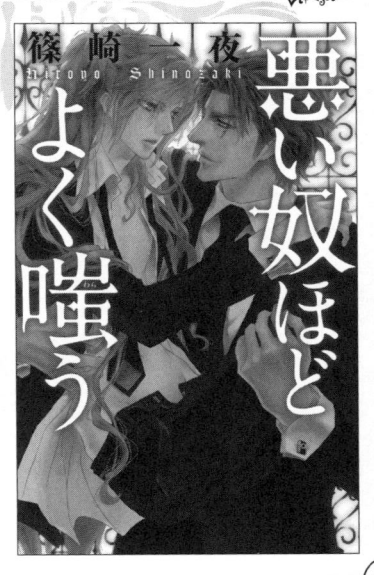

高校教師と十年の恋《こうこうきょうしとじゅうねんのこい》

星野 伶
イラスト：尾賀トモ

本体価格 870 円+税

高校教師の辻村文則には、忘れられない生徒がいる。それは、十年前の卒業式で想いを告げてきた北見誠一だ。北見は優秀で周りからの信頼も厚い生徒だったが、当時の文則は彼の想いを受け入れることができなかった。それから十年。文則は北見と再会する。しかし、二十八歳になった北見に以前の穏和な面影はなく、殺伐とした冷めた眼差しで違法な仕事に手を染めていた。さらに「教師の義務で俺に関わるのはやめてくれ」と突き放されてしまい…？

リンクスロマンス大好評発売中

山神さまと花婿どの《やまがみさまとはなむこどの》

向梶あうん
イラスト：北沢きょう

本体価格870円+税

他の村人と異なる黒髪のせいで、村八分にされていたミノルのもとに、雨乞いのために山神への生贄を捜しているという話が届く。誰しもが生贄となるのを恐れているなか、せめてこれまで厄介者の自分を育ててくれた村人のために自分の身が役に立つならということで、自ら生贄になることを決意するミノル。ミノルが出会った山神は大きな獣の姿をしており、ミノルは食べられる覚悟を決めるが、山神はミノルを食べる気もなければ生贄も不要だと告げる。村での噂とはちがう、ぶっきらぼうだが、どこか優しさと孤独をたたえた山神のことが気になりはじめてしまったミノルは…。

イラストレーター募集

リンクスロマンスでは、イラストレーターを随時募集いたします。

リンクスロマンスから任意の作品を選び、作品に合わせた
模写ではないオリジナルのイラスト（下記各１点以上）を描いてご応募ください。
モノクロイラストは、新書の挿絵箇所以外でも構いませんので、
好きなシーンを選んで描いてください。

1 表紙用 カラーイラスト

2 モノクロイラスト（人物全身・背景の入ったもの）

3 モノクロイラスト（人物アップ）

4 モノクロイラスト（キス・Hシーン）

募集要項

＜応募資格＞

年齢・性別・プロ・アマ問いません。

＜原稿のサイズおよび形式＞

◆Ａ４またはＢ４サイズの市販の原稿用紙を使用してください。
◆データ原稿の場合は、Photoshop（Ver.5.0 以降）形式でＣＤ－Ｒに保存し、
出力見本をつけてご応募ください。

＜応募上の注意＞

◆応募イラストの元としたリンクスロマンスのタイトル、
あなたの住所、氏名、ペンネーム、年齢、電話番号、メールアドレス、
投稿歴、受賞歴を記載した紙を添付してください（書式自由）。
◆作品返却を希望する場合は、応募封筒の表に「返却希望」と明記し、
返却希望先の住所・氏名を記入して
返送分の切手を貼った返信用封筒を同封してください。

＜採用のお知らせ＞

◆採用の場合のみ、６カ月以内に編集部よりご連絡いたします。
◆選考に関するお電話やメールでのお問い合わせはご遠慮ください。

宛先

〒151-0051 東京都渋谷区千駄ヶ谷４－９－７
株式会社　幻冬舎コミックス
「リンクスロマンス　イラストレーター募集」係

この本を読んでのご意見・ご感想をお寄せ下さい。

〒151-0051
東京都渋谷区千駄ヶ谷4-9-7
(株)幻冬舎コミックス　リンクス編集部
「一文字鈴《いちもんじりん》先生」係／「尾賀《おが》トモ先生」係

リンクス ロマンス

大富豪は無垢な青年をこよなく愛す

2017年12月31日　第1刷発行

著者……………一文字鈴《いちもんじりん》
発行人…………石原正康
発行元…………株式会社　幻冬舎コミックス
〒151-0051　東京都渋谷区千駄ヶ谷4-9-7
TEL 03-5411-6431（編集）
発売元…………株式会社　幻冬舎
〒151-0051　東京都渋谷区千駄ヶ谷4-9-7
TEL 03-5411-6222（営業）
振替00120-8-767643
印刷・製本所…株式会社　光邦
検印廃止

ISBN978-4-344-84127-7 C0293
Printed in Japan

幻冬舎コミックスホームページ　http://www.gentosha-comics.net